LILITU
ESC
CB064913

Lilitu Escarlate
Copyright © 2023 by Danilo Morales
Copyright © 2023 by Novo Século Editora Ltda.

EDITOR: Luiz Vasconcelos
GERENTE EDITORIAL: Letícia Teófilo
PREPARAÇÃO: Luciene Ribeiro dos Santos de Freitas
REVISÃO: Bruna Tinti
PROJETO GRÁFICO E DIAGRAMAÇÃO: Manoela Dourado
IMAGEM DE CAPA: Paula Monise
COMPOSIÇÃO DE CAPA: Ian Laurindo

Texto de acordo com as normas do Novo Acordo Ortográfico da Língua Portuguesa (1990), em vigor desde 1º de janeiro de 2009.

Dados Internacionais de Catalogação na Publicação (CIP)
Angélica Ilacqua CRB-8/7057

Morales, Danilo
 Lilitu Escarlate / Danilo Morales. -- Barueri, SP:
Novo Século Editora, 2023.
 192 p.: il.

ISBN 978-65-5561-515-9

1. Ficção brasileira 2. Terror I. Título

23-2500   CDD B869.3

Índice para catálogo sistemático:
1. Ficção brasileira

GRUPO NOVO SÉCULO
Alameda Araguaia, 2190 – Bloco A – 11º andar – Conjunto 1111
CEP 06455-000 – Alphaville Industrial, Barueri – SP – Brasil
Tel.: (11) 3699-7107 | E-mail: atendimento@gruponovoseculo.com.br
www.gruponovoseculo.com.br

Danilo Morales

LILITU ESCARLATE

São Paulo, 2023

sumário

PREFÁCIO, 7
PRÓLOGO, 11

PRIMEIRA PARTE:
A caixa de Pandora

CAPÍTULO I. Uma estrela, 25
CAPÍTULO II. Desabafo, 33
CAPÍTULO III. Pandemia, 41
CAPÍTULO IV. A Vara de Porcos, 51
CAPÍTULO V. Malpassado, 61
CAPÍTULO VI. Gangrena e alta temperatura, 69
CAPÍTULO VII. Pacto de sangue, 75

SEGUNDA PARTE:
Padres, freiras e o diabo

CAPÍTULO VIII. O padre dos artistas, 87
CAPÍTULO IX. Explicações preparatórias, 97
CAPÍTULO X. O que está ligado não se pode desligar, 107
CAPÍTULO XI. *Post mortem*, 119

TERCEIRA PARTE:
Alinhamento psicotrópico

CAPÍTULO XII. Insanidade generalizada, 131
CAPÍTULO XIII. 3-2-3, 139
CAPÍTULO XIV. Sede de sangue, 147
CAPÍTULO XV. Trajeto perigoso, 151
CAPÍTULO XVI. Solidão, 159
CAPÍTULO XVII. O padre e o pescador, 167
CAPÍTULO XVIII. O oráculo se concretiza, 175
CAPÍTULO XIX. Percepções, 187

Prefácio

Quantos de nós podem se dar ao luxo de comandar o próprio destino, com base nas premissas de nossos talentos? Um fator externo e pandêmico pode reduzir essas pretensões a menos que nada e transformar os incautos personagens em simples fantoches das circunstâncias?

Eis as premissas de *Lilitu Escarlate* um livro que se dispõe a ser visionário. A obra traz diversas questões existenciais, travestidas de ficção psicológica, como tem sido uma constante nas obras de Danilo Morales.

Uma extensão da história de *Suprema*, com muitas referências explícitas e narradas naturalmente, inserindo o leitor dentro da qualidade de dois seres que tinham tudo para serem antagônicos e que se tornarão suplementares: Natasha Zanni e Bruno de Lira. A primeira cativará o leitor: ela é independente, talentosa, mas omissa nas questões raciais que a circundam. Ela vive exclusivamente para sua música e seus caprichos, o que poderia ser destrinchado até que a moça de voz potente esteja inserida dentro do leitor, como se fosse ele. Consciente de seus vazios, batalhas solitárias e vícios comportamentais, com seus ataques de soberba e sua complacente indiferença aos problemas sociais.

Como se não bastassem esses dilemas morais, os personagens são confrontados com uma anormal pandemia, uma doença que suplantaria toda a civilidade e traria à tona comportamentos animalescos, instintos primitivos e sádicos presentes em nós, camuflados pelo verniz do bom comportamento social. Um contraponto interessante, já presente em obras como *Drácula*, de Bram Stoker, mas que Morales transpõe para esta obra de maneira menos dramática, mais existencial. O ponto forte será o alinhamento dos personagens com o leitor, tendo espaço para uma pluralidade de pensamentos que situa o autor entre aqueles que sabem usar o *zeitgeist* de sua época.

Sendo o autor um inimigo do maniqueísmo, é difícil classificar suas personagens como boas ou más. Mesmo quando nos solidarizamos com algumas delas e nos espelhamos em suas índoles, por vezes somos levados a confrontar aquilo em que nos espelhamos. Qual seria o objetivo do autor nessa alcateia ao incorporar uma pandemia à trama e nos jogar contra criações que até poucos capítulos atrás eram uma representação de um lado nosso? O oposto também é verdadeiro, e esse incômodo é o que diferencia a verdadeira literatura de entretenimento.

Embora seu estilo de escrita seja despretensioso, carrega em si uma vontade de extrapolar limites estilísticos, não se limitando somente a reproduzir o que sente, adentrando a alma de seus avatares; torna-se insidioso e por vezes cruel ao lidar com eles, arrebatador no vocabulário e contido nos julgamentos. Isso explica por que os leitores sempre ficam com a impressão de que a obra poderia ter sido mais extensa. Mas, tal como a vida, que não nos conduz por caminhos seguros e previsíveis, esse autor indomado não quer ser catalogado em qualquer rótulo limitador. Quem já embarcou em seus livros sabe que em suas obras não há espaço para autoajuda ou comodidades.

Que esse livro tenha em você o mesmo impacto que teve em mim, e isso depende apenas do seu grau de vivência e da capacidade de se abstrair de uma realidade destituída de fatos sobrenaturais para adentrar outra, mais prazerosa e enigmática.

Robson Strobel
*Artista plástico, ilustrador, leitor beta,
advogado do diabo e crítico literário*

Prólogo

Natasha Zanni é uma estrela, uma força da natureza. Une o sagrado e o profano, e os torna uma só coisa...

Ela poderia ter escolhido o caminho mais fácil: uma música mais popular e acessível, isenta de dificuldades e repleta de duplo sentido, endeusando os contornos físicos e a necessidade de se sentar em alguma coisa. Natasha, no entanto, tinha de provar a si mesma suas capacidades e que não seria refém da fortuna da qual era herdeira nem de sua chamativa beleza. Fazia questão de manter seus cabelos volumosos sempre armados e quase impenetráveis à luz solar quanto sua alma aos comentários depreciativos de *haters* nas redes sociais.

Focada em sua arte, era uma figura hipnotizante. Vê-la se projetar diante de um microfone era um acontecimento. O nariz se retesava, exaltando ainda mais as perfeitas formas que a ornavam; ele era levemente empinado e fazia um conjunto com o lábio volumoso. Ela possuía um ímpeto natural para se impor estilisticamente em qualquer ambiente que adentrasse.

Seu olhar carregava uma força ancestral. Suas retinas castanho-escuras transmitiam, num universo de olhares pincelados com rímel, o olhar da menina ora deslocada, ora empoderada, porém sem alianças fixas o suficiente para serem chamadas de amizade. Por esse comportamento antissocial, demorou a aderir às redes sociais; e, quando começou a usá-las por motivos meramente artísticos, teve de lidar com racistas mal camuflados que questionavam o seu talento, se estaria ela a dublar aquelas vozes operísticas e a questionar a singularidade de uma moça negra nesse meio eurocêntrico.

Sua mãe, Dona Vera, a tinha alertado desde criança sobre os confrontos que teria nesse meio profissional; todos os conselhos e alertas que recebeu na época eram tidos como "maus agouros" pela jovem cantora, já que em seu meio social nunca havia sido discriminada de forma afrontosa até então. As pessoas dizem nas redes o que não teriam coragem de dizer na sua cara. É bem verdade que suas roupas de grife, o sobrenome e a fortuna da família serviam como um escudo às reações nada nobres que a maioria dos afrodescendentes sofria no Brasil. Ela jamais seria vítima de uma revista policial ou de uma descompostura em um flat de hotel ou um restaurante cinco estrelas.

Imune, na época, às crises existenciais ligadas a essas questões raciais, concentrou suas energias em aprimoramento vocal e estudos técnicos sobre teoria musical. Seu pai, um investidor financeiro chamado Nestor Filiatro Zanni, lhe proporcionou todas as benesses possíveis dentro desse meio. Mesmo que fosse um pai ausente, ela o tinha em consideração por ter assumido um casamento com sua mãe, em condição financeira bem inferior à dele. Embora fosse uma atriz conceituada na teledramaturgia nacional e uma das poucas protagonistas negras de aceitação popular na década de 2000, afastou-se da carreira para se tornar mãe.

Voltemos a nossa protagonista, Natasha, uma moça um tanto deslocada de seu tempo, tanto da forma estilística como geográfica. Sua fixação por música conhecida pelo gênero *gothic metal* a colocava à parte do cenário musical de sua pátria, o Brasil, e a afastava de alcançar um sucesso imediato, mesmo que efêmero.

Sua voz empostada de mezzosoprano, que, em momentos de emoção tensa, tinha a capacidade de extrair tons de amplitude que quase a faziam dispensar o microfone, não poderia ser usada para coisas tão prolixas quanto a música que pertencia à sua época atual. Não era apenas estilístico, mas espiritual. Floor Jansen, Sharon den Adel e Simone Simons lhe diziam muito mais do que a mediocridade artística que a rodeava. Instrumentais sem brilho, composições repetitivas, letras pueris que apenas reduziam sua condição de mulher a um objeto de desejo não tinham a capacidade de ser um condutor da verdadeira arte.

Para abrilhantar seu talento, podia ainda contar com alguns músicos talentosos, de formação erudita, da região de Tatuí (SP). Estava disposta a pôr em prática uma sonoridade de vanguarda, como ela desejava, por meio da qual pudesse demonstrar seus dotes vocais e líricos sem qualquer barreira até que achassem um bom produtor com um estúdio capacitado para fazer a genial mistura de Krzysztof Penderecki com o *gothic pop* de Evanescence. Seus parceiros de banda – Lino Marcos, Claudio Versecky, Renato Petra, Lívia Joker e Raul Rubbo – estavam destinados a colocar em prática uma empreitada que não tinha muitas chances de triunfar.

Investindo seu trabalho nos serviços de *streaming*, conseguiram o reconhecimento de um selo alemão de renome, um milagre para uma banda iniciante. Mesmo que a vocalista fosse talentosa e vinda de berço de ouro, essa conquista era algo difícil de se obter na América do Sul. Críticos musicais apontavam o andamento rítmico diferenciado de suas músicas; a estética inovadora daquela jovem impunha à frente os seus vocais e a singularidade do momento. Quando tudo já parecia ter sido explorado, os "Deep Level Green", como se autodenominavam, enfim conseguiam se sobressair.

Natasha evitava se expor na mídia por questões sociais, o que era visto por parte do público que ela seria apenas mais uma artista conivente ao sistema opressor. Seus professores de Música nunca abordaram tal questão nas salas de aula, e ela internamente agradecia por isso. Em seu espírito carregava objetivos difusos, mas concretos, em relação à sua exposição artística. Nas entrevistas, sempre se mantinha neutra e não tomava partido político em um mundo tão polarizado.

Não conseguia dar vazão a esses sentimentos represados que surgiam na sua personalidade; uma dubiedade comportamental que alguns chamariam de excentricidade artística ou, os mais crédulos, de dupla personalidade. Fosse algo real ou não, os súbitos "brancos" que sua memória acionava, durante tal processo, podiam ser percebidos pelos poucos amigos do círculo mais próximo que a acompanhavam em seu comportamento introspectivo, em doses de amabilidade intercaladas por algo impulsivo, apaixonante e irracional.

Alguns diriam que isso começou a acontecer após sua visita a um conhecido e frequentado terreiro da Zona Leste; e as causas que a levaram até lá nem ela conseguia explicar de forma convincente. Esperava ser apenas um local gerenciado por charlatães que não despertariam seu lado lúdico, o que a realidade somente amortizou. O pouco contato com o universo religioso em sua família pode ter sido benigno por não ter lhe imposto travas que, no futuro, buscassem por si só algum tipo de resposta mais esotérica para seus problemas.

Pensar sobre a transcendência da alma e sobre lugares lúdicos, como o paraíso, ou punitivos, como o inferno, era algo que nunca fora levado a sério no lar de Natasha. A formação artística de sua mãe e o pragmático universo contábil do seu pai não davam brechas para tais tipos de assuntos. Bens materiais geralmente produzem esse tipo de situação, nos desonerando de obrigações espirituais; talvez, por isso, os ricos sejam sempre alvo do rancor de diversos profetas na História e na própria *Bíblia*, e não são poucos os trechos que os admoestam.

A sede que a tomava, porém, era algo muito maior do que uma orientação sobre pecado e redenção. Explicações banais sobre os espectros que pairavam em sua cabeça já eram de bom tamanho; mas, se alguma entidade a impulsionasse para atingir um degrau maior em sua arte, não reclamaria. Longe de ser insegurança por seu talento, mas, sim, pelo perceptível senso de que um auxílio sobrenatural a faria atingir outra esfera da arte, colocando-a em igualdade com Robert Johnson e Niccolò Paganini.

Ela sabia em seu íntimo que tal sucesso não seria possível sem que seu produtor a tivesse esculpido para pisar num palco, e fazê-la se diferenciar a tal ponto que a etapa dos pequenos clubes fosse superada mais rapidamente que o normal. Ostentar em sua trajetória por ter percorrido caminhos *underground* nunca a cativara. Ela jamais pertencera a um cenário musical; na verdade, era uma estranha no ninho. Sua formação erudita retificava tal fato, e sua fortuna acabava afastando-a de qualquer contato com os guetos estéticos do rock.

O que a fez, no entanto, ascender às glórias do estrelato imediatista, até certo momento, para ela foi um segredo guardado no inconsciente; somente em alguns lampejos de irracionalidade lhe era mostrado quem a guiava, e geralmente isso ocorria no palco: Pandora! Uma espécie de deusa devoradora de ascendência africana, imoral e apaixonante, como os mitos têm a obrigação de ser.

Trabalhar de forma coletiva nunca foi o forte de Natasha. Assim, quem garantia seu sucesso na área musical era Reinaldo Maxwell, um empresário em tempo integral e produtor por diversão. Um sujeito que passou pelos melhores estúdios do Sudeste nos anos 1980, onde conseguiu impor trabalhos à grande mídia numa época em que a qualidade era mais importante que o visual. Da MPB ao pop rock, o impávido senhor de barba cheia e grisalha literalmente tinha o conhecimento prático para fazer uma suposta estrela alcançar os pícaros do *mainstream*, mas não para fabricar ídolos. Exigente ao extremo, ele se recusava a trabalhar com artistas medíocres; e o seu afastamento do cenário musical se deveu justamente a isso. Lidar com a mediocridade que se tornou regra nos anos 2000 mostrou que, além de decepcionado com sua profissão, ele estava desatualizado da prática de operar uma mesa de som e informatização.

A pasteurização dos sons dos instrumentos não lhe agradava; a falta de personalidade, o uso de *overdubbing* em excesso e a clara meta de atingir o sucesso em vez de demonstrar o talento de seus clientes foram aos poucos deixando-o desanimado. Atingiu tal ponto que perdera a vontade de repetir as histórias de sua vida, entre uma gravação ou outra, para quem estivesse ali descontraído antes de entrar no aquário. Talvez fosse esse azedume de um profissional que se negava a fazer menos que o perfeito, ou o sentimento de envelhecer sem deixar um legado musical à altura de Beatles ou Erick Clapton. Financeiramente, já havia provido a sua vida; sua esposa e o casal de gêmeos, já criados e com vida independente, não tinham do que reclamar. Eles até o incentivavam para que continuasse trabalhando no estúdio, para que não tivessem sua companhia em casa; isso era engraçado! Ninguém, a não ser os amigos mais íntimos, queriam a companhia de um velho recitando vitórias passadas.

Suas pretensões de ser um novo Martin Birch navegaram no mar da mediocridade; foi quando o seu filho mais velho, como numa conjunção astral, mostrou-lhe na internet um vídeo de uma belíssima jovem, raivosa, numa interpretação de algum desses grupos de metal melódico nórdico que ele não fazia muita questão de conhecer. Se a música continha todos os elementos clichês e pretensiosos de um ópera rock, a imposição vocal da moça soterrava todos os nossos preconceitos musicais. Pouco entusiasmado com o cenário atual, deu-se por satisfeito que alguém ainda tivesse talento suficiente e quisesse ser conhecida por isso.

Diante da imagem daquela jovem, que cobria boa parte do corpo com um tecido azeviche de veludo, ele surpreendeu-se pela atitude da cantora em privilegiar seus dotes vocais, quando claramente poderia exibir suas curvas acentuadas e pernas compridas. Calou-se sobre esse pormenor, para não levar seu filho a perceber que o pai envelhecera mal e não passava de um sexista derrotado, mas era impossível não questionar a causa de tão bela e exótica criatura não usar de seus atributos femininos para alcançar mais visibilidade! Algo lhe veio à mente e não poderia ser descartado: tão estigmatizada era a imagem das mulheres subvertendo para curvas e corpo bem torneado − algo não aceito por Natasha −, criou algum bloqueio ou mecanismo de defesa para que sua arte não fosse diminuída por conta de um mercado consumidor desinteressado em sua excelência intelectual. O desejo de corrigir tais equívocos se abateu sobre Maxwell, tanto no empresário bem-relacionado como no desencantado produtor cultural.

Ela cantava com um playback, demonstrando que na época não tinha uma banda para acompanhá-la devido ao seu comportamento arredio. Nada disso tinha relação com sua vida até o momento, e ele mal sabia que, na mesma semana, por indicação de um amigo da área musical, sua vida seria entrelaçada à da jovem e promissora artista.

Em poucos dias, a imponente figura estava à sua frente no estúdio, e a exposição não poderia ser mais prosaica. Ela olhava os discos de platina que ele ostentava na parede, de inúmeros artistas que ele revelara. Natasha descobriu que estava ali de corpo presente, mas ainda arredia e meio a contragosto, se perguntando se deveria continuar ali. Seu sorriso contido soube contornar esse fato, que deveria ser uma constante em sua vida. A visão de sua figura impressionava: seus ombros largos e o pescoço maleável que girava sua cabeça, analisando o ambiente feito uma serpente diagnosticando o seu covil; seu olhar não se fixava muito tempo no interlocutor, e sua voz era inalterada, forte e direta.

– Maxwell, preciso de seus serviços. Sei que aqui no Brasil você é o produtor musical mais capacitado para me auxiliar a atingir minhas metas. Sou uma admiradora de seu trabalho e quero pagar por ele – disse ela, já demonstrando que seria independente e não aceitaria nenhum cabresto.

Ele tinha conhecido gente de todo tipo na indústria artística, mas nunca uma abordagem tão direta e precisa quanto a de Natasha. Eles fecharam acordo com um aperto de mãos, e o apertar dos dedos e a pressão exercida demonstraram que a garota poderia ser uma estivadora de porto. Como os dois já estavam direcionados por um objetivo, foi fácil a convivência. Ela possuía técnica e alma: era uma Billie Holiday com potencial de Montserrat Caballé, em um corpo de Beyoncé, uma verdadeira joia a ser trabalhada. Rapidamente, trouxe a compreensão do gênero musical que ela gostaria de trilhar. Ele foi honesto com sua cliente: não tinha tradição ou conhecimento em minúcias desse segmento, que ele considerava um tanto artificial. Ela tinha ciência disso e afirmava que justamente seu *know-how* em música pop e de fácil assimilação traria o diferencial para expandir sua ira vocal e levá-la a limites até então não explorados por qualquer artista do rock no Brasil. Cantaria um português coloquial, recitaria versos enigmáticos, faria sua voz romper barreiras estilísticas e daria visibilidade a outras jovens para que aceitassem seu talento.

– Ou seja, tem tudo para dar errado! – findou o produtor, com uma risada que dizia justamente o contrário.

Natasha encarou com bom humor a pequena provocação. Seus desafios na vida até então foram silenciosos e pavimentados de facilidades pelo nome da família; era hora de se tornar o que ela realmente era. Queria ser um exemplo crível, autossustentável e não flutuante. Queria deixar seu marco ao invés de ser um visitante que entra e sai pela porta dos fundos. Se tornar superficial e esquecível não estava em seus planos.

Os bons contatos de Maxwell no meio foram de extrema valia; entusiasmado, ele voltou a exercer seu papel de produtor com o auxílio que lhe era mais excepcional nesse meio. Sem a dificuldade de ter que lidar com bandas, tinha a seu alcance músicos de estúdio eficientes e confiáveis para quando fosse preciso transmiti-los ao vivo na rede de televisão ou internet – uma vantagem sobre o usual conflito de egos que ocorre com frequência. O espírito solitário da garota facilitou essa parte da empreitada, e ele ainda tinha um bônus em suas mãos: a banda ainda contava com um jovem talento em especial, Raul Rubbo – um guitarrista frequentador do circuito musical desde a pré-adolescência, talentoso a ponto de ser cogitado para pertencer a um elenco fixo de diversas duplas sertanejas de sucesso, para tocar ao vivo.

O rapaz detestava, além do gênero, o próprio meio musical desse tipo de gente. Se isto representava seu futuro musical, ele pensaria duas vezes em permanecer no mundo artístico. Magro e alto, ele não tinha o tônus muscular para trabalhos braçais; e, se não fosse seu direcionamento artístico, era provável que se perdesse pelos caminhos da inconstância pessoal. Seu charme natural cativava mulheres de uma forma não direta: era pouco comunicativo e deixava que suas sobrancelhas grossas e suas pálpebras quase orientais falassem mais por ele que uma sequência de palavras. Embora a barba parecesse se recusar a crescer naquela face, a sedução ambígua tinha encontrado ali um bom refúgio. Seria o companheiro musical ideal para Natasha e, de certa forma, era parecido com ela: misterioso, imprudente nas conjunturas e apaixonado pelo que faz.

Sua vida particular nunca fora palco de conversas; suspeitava-se de alguns vícios em coisas ilícitas, pois era um defensor ferrenho da liberação das drogas, sobretudo para recreação. Ultimamente, ele apresentava olheiras mais profundas que o normal, e seu cabelo castanho-claro descia até a metade das costas, num sinal de desleixo ou acentuação de um estilo anos 1970 – que ele como *millenial* ainda conhecia, mas claramente a geração Z desconhecia. Arredio a mídias sociais, parecia mesmo deslocado dos jovens dos dias atuais –, o que era denotado pelo costume abjeto de fumar que adquirira, parecendo por vezes estar interpretando um papel. O produtor, no entanto, não se importava com isso; apenas exigia metas e prazos para os serviços.

Quanto a Maxwell, este fora um músico medíocre que tentou atingir algo na vida antes da carreira de produtor. Talvez por esse motivo ficava fascinado com a capacidade daquele jovem em fazer escalas pentatônicas à velocidade da luz. Realmente, vê-lo em um palco tocando sertanejo universitário seria um desperdício de talento. Tinha em mãos um leque de estrelas prontas; portanto, se fracassasse com Natasha, ele não se perdoaria. Recursos financeiros não faltavam, e profissionais do Marketing foram acionados para conseguir o mais difícil dos feitos: levar a massa a consumir um produto de qualidade e propagar algo de maravilhoso depois de décadas de mediocridade midiática.

Primeira parte:
A CAIXA DE PANDORA

Capítulo I
Uma estrela

Natasha conseguiu se desvencilhar de seu sobrenome, e sua fama se tornou tão meteórica que apagou o nome dos genitores famosos, um feito difícil de se concretizar. Se afastou daqueles que boicotavam sua vitória, antes mesmo que esta viesse, e de uma época em que quase chegou a desistir. Em seu íntimo, buscava forças nas palavras proféticas de sua já falecida mãe: "Você nasceu para ser famosa", bem como na profecia de uma mulher incorporada em um terreiro, pela alcunha de Vovó Esperança, que lhe perguntou: "Já é famosa, fia?" e, com a negativa da jovem, afirmou: "Ainda vai ser famosa, ainda vai ser, pode esperar".

Questionada sobre a origem seu nome artístico, ela disse na mídia ter sido escolhido por um guru em uma consulta com os orixás. Esse nome, Pandora, foi também o nome de seu primeiro disco e de sua primeira turnê, inspirados na mitologia da caixa de Pandora. O fato é que todos, fora de seu círculo de amigos, a chamavam por Pandora, e esse se tornou seu nome artístico.

A música "Lilitu Escarlate" ficou sete meses no top 1 das rádios, mesmo tendo como temas o ocultismo, as mitologias e as deidades, sempre recorrentes em suas letras. A banda em grandes eventos contava com uma miniorquestra; sempre dava uma palhinha de trilhas sonoras de filmes de terror da década de 1980, o que levava os fãs ao delírio. Ela mesma fazia a composição das músicas, sempre supervisionada pelo seu empresário e guru, Maxwell, e envolvida num relacionamento tóxico com o seu guitarrista, Raul Rubbo, que, no decorrer dos anos, tinha se declarado um aprendiz de mago ocultista de uma seita vampírica chamada "Armagedon", com adoração direta a Lilith e Caim – embora seus principais objetivos fossem mesmo o sexo e as drogas.

Pandora sempre deixava em aberto a possibilidade de que ela tivesse um pacto com o diabo, o que afastava os cristãos; e se esquivava de questões de ideologia política, que ela via com uma possibilidade maior de dano para sua carreira, não se deixando polarizar nem para a esquerda nem para a direita. Raul também trabalhava sua imagem, sua persona na mídia: respondia com caretas rebeldes, língua para fora, dedo do meio levantado, simulava masturbação, e o público amava sua ferocidade. Enquanto o rapaz fazia a linha inconsequente, Pandora e seu empresário se importavam em liberar dinheiro para manter a música-tema nas paradas e tiveram todo um trabalho para a inserção de seus singles através de faixas pagas de clipes na tevê, muito bem-produzidos por Antonio Sassa, um mago das imagens. Cada clipe trazia uma Pandora diferente, já que a estética pessoal dela mudava de tempos em tempos, feito uma camaleoa.

A introversão de Natasha fora dos palcos, bem como os inúmeros casos de mal humor frente aos paparazzi e as recusas em dar autógrafos e tirar fotos – além de inúmeros relatos de pessoas que a conheceram na intimidade ou tiveram contato com ela em algum momento – denotavam a mesma coisa: era uma pessoa difícil. Isso vinha na contramão de cada música que lançava e se tornava sucesso garantido. Como um rei Midas, tudo o que ela tocava virava ouro, sucesso. A fama subiu à sua cabeça, e o comportamento impulsivo de seu namorado fazia com que o casal se tornasse amado e odiado ao mesmo tempo. Sobretudo odiados pelos vizinhos, que diziam ter recalque por nunca terem sido convidados para as festas orgásticas promovidas pelo casal.

O fato é que ela declarava à grande mídia que Pandora era uma entidade, encarnada nela somente no palco, e que a tornava mais espontânea, maligna, sarcástica. E embora as pessoas sempre quisessem conversar com Pandora, fora dos palcos ela voltava à sua aura depressiva, melancólica: voltava a ser Natasha.

Embora comentaristas afirmassem que essa dissociação era um golpe de marketing, e espiritualistas garantissem que ela tinha um pacto com Satã e estava possessa, todas as teorias somente a elevavam ao top de todas as paradas musicais. Pandora era caracterizada por uma maquiagem mais pesada, e muitas vezes usava óculos escuros ou máscaras parciais na face, representando a persona da cantora. Segundo especuladores de mídia, seu conflito com o seu self teria vindo da infância, embora imaginassem que a carreira de cocaína antes de cada show era a mola propulsora para o surgimento de seu *alter ego*. Ledo engano: diferentemente de Raul, ela cuidava de seu corpo e saúde física, e somente usaria drogas para fins benéficos, recreativos e controlados, artísticos ou espirituais.

Tudo o que fosse possível fazer para chocar ou atrair as atenções já tinha sido feito na década de 1980 com Madonna; e inúmeras divas a tinham sucedido, inclusive algumas com o lírico como ponto forte. Ela sabia, no entanto, que o público estava diante de uma força inédita; era como se uma deidade realmente pisasse no palco, tornando o público extasiado, entoando suas canções como se fosse uma espécie de religião. E realmente os timbres fortes tocavam em seus corações e quase os faziam levitar, levando-os a estágios de transe que variavam do mais alto êxtase, próximos do gozo, a estágios de dormência e paz que quase os faziam repousar na posição vertical, escorados pelos inúmeros e demais participantes. Buscar a proximidade da rainha era quase impossível, e as grades de ferro de proteção se envergavam ante a manada de adoradores, que se espremiam feito gado pronto ao abatedouro, buscando a atenção de sua deidade. Os toques da guitarra eram como energia elétrica circulando no sangue das pessoas e, embora estivessem longe da diva, podiam ver os detalhes de seu rosto iluminado pelo refletor insidioso.

Com todos esses atributos e longos sete anos de persistência, Pandora se tornou internacional. Seu rosto estava em quase todos os países e continentes: brilhava nos outdoors em Nova Iorque, Paris e Milão e era até mesmo garota-propaganda de marcas internacionais. Sua turnê fazia escalas em diversos países em ritmo alucinante, e sua sanidade começou a adoecer na mesma proporção de suas cifras.

Aquele show em sua terra natal, no entanto, era especial. O Horror Rock era um evento tradicional, e aquela edição contaria com um recorde de 330 mil pessoas. Sua fama já era comparada à do grande Black Sabbath, de Ozzy Osbourne. Toda aquela multidão aguardava pela sua entrada triunfal, e ela não podia decepcioná-los. Com esse número, o evento se consolidava como o principal do Brasil, desbancando o espetáculo antecessor.

Era medo; sentia o sangue ferver em suas veias, mas havia algo a mais, uma espécie de mau presságio: algo estava no ar. Ela parecia uma guerreira viking; tinha tranças cruzadas em seu cabelo imperioso e armado, braceletes dourados e uma roupa cheia de adereços, como uma rainha deve usar. A cor vermelha do traje contrastava com a maquiagem pesada em seu rosto, uma pintura tribal que delineava desde seus olhos até descer ao pescoço e ao entorno de seus seios volumosos e bem apertados, como se fosse uma Red Sonja.

O som começou a tocar; timbres fortes, algumas explosões controladas de labaredas e fumaça, luzes neon piscantes revelando o gigantesco logo da banda com o título "Pandora", e sinais considerados profanos ou heréticos, assim como símbolos mágicos e místicos. Do chão, feito um demônio vindo das trevas, uma plataforma circular trazia a divindade ao palco. Ela se manteve no escuro total, a plateia já urrava e ia ao delírio com os toques da guitarra. Mulheres no backing vocal cantavam uma canção gregoriana, que ecoava por todo o local. Nesse momento, Natasha entrou em transe: seus olhos ficaram fora de órbita, brancos, e ela permitiu que a deidade tomasse posse de seu corpo, deixando-a entrar. Já não era mais ela, já não havia mais medo, insegurança: apenas o fogo, que subia pelos seus pés, queimando feito labaredas, consumindo e fervilhando o sangue, a adrenalina tomava conta. Seus olhos voltaram às órbitas, faiscantes e raivosos, cheios de rebeldia e vigor, uma criatura indomável.

A luz central a deixava em evidência. Natasha já não estava presente; Pandora pedia passagem e começava a cantar, com toda a sua confiança. Não era apenas a música; era o seu corpo que vibrava e se contorcia, como o gingado de uma serpente, feito uma Salma Hayek no filme *Um drinque no inferno*. Ela parecia convidar para dançar com ela, se entreter em suas coxas torneadas, se aninhar em seu seio.

"Ó, senhora da lua sangrenta,
dá-me tua gnose.
Deusa do deboche e da blasfêmia,
deixa-me sentir o êxtase, o êxtase...
Arrebata...
O toque...
de seus lábios frios.
Ó, mãe das meretrizes,
na escuridão espiralada do dragão,
tu és a espada resplandecente;
tu és a que me protege do mal;
tu és a que conforta em teus seios.
Permita-me encontrar
teus olhos flamejantes.
Permita que me afogue em seus elixires batismais
e de sua fornicação.
Demônia!!!
Do abismo!!!
Mulher serpente, mulher serpente,
sua progênie obscura, obscura...
Enlaça-me em seus laços de sangue.
Ó, serpente do Éden,
oh, aquela que caminha nos lírios
e exala o perfume das rosas.
Lua negra de Gamaliel,
onde o fogo do sabbath queima
eu te encontro,
demônia!!!

Do abismo!!!
Do abismo!!!"

    Antes que Pandora terminasse a música de número treze de seu álbum, uma briga iniciou na ala central e foi se ramificando rapidamente. Extasiadas e em estado de fúria, as pessoas se agrediam em um efeito manada – quando já não se sabe a origem da briga, apenas queriam se agredir. Homens fortes agrediam meninas adolescentes, não havia distinção. Os gritos tornaram o local um inferno. O show foi interrompido; Pandora e a banda foram retirados às pressas, e o local ficou tingido de sangue. Muitas pessoas caídas, algumas mortas e pisoteadas pela multidão. A polícia entrou em atrito com os vândalos infiltrados no meio da plateia. Ouviam-se tiros de borracha e palavras de ordem...

    Assim como ligaram o filme de Polanski, *O bebê de Rosemary*, ao atentado perpetrado pela família Manson a Sharon Tate e aos visitantes, logo sensacionalistas culparam a banda e Pandora pelo massacre. "Eles são adoradores de Satanás!", dizia uma senhora enraivecida em uma das entrevistas. Tinha ao fundo imagens de um homem enlouquecido iniciando uma briga generalizada até ser morto pela polícia. Era o que bastava para dizer que estavam possuídos por algum demônio. Fanáticos religiosos gritavam enraivecidos, e isso só alavancou ainda mais as vendas do álbum e a popularidade da banda.

    Pandora acreditava haver alguma verdade no que diziam... Teria sua música um poder sobrenatural sobre as pessoas? Seria sua caixa torácica a verdadeira caixa de Pandora, capaz de despejar todo o mal sobre a humanidade?

Capítulo II
Desabafo

Criou-se uma aura de misticismo genuíno em torno da figura de Pandora, embora a princípio ela não tivesse gostado, já que isso relativizava seu talento, colocando-a como um fantoche de alguma entidade, a caminho de se tornar uma diva de um cenário musical pré-concebido. Apesar de tudo, ela gostava de chocar os conservadores, que diziam: "Ela é uma macumbeira que fez pacto com o capiroto". O estratagema poderia gerar mais frutos que revezes; justamente, a imagem de uma guerreira afrodescendente pairava no ar, e esta lacuna teria que ser preenchida por alguém.

Os deuses milenares sempre sofreram muito preconceito, a ponto de um bispo ter escrito um livro contra em um passado não muito distante, numa demonstração de intolerância religiosa. Mas o destino deve ser muito irônico por tê-la escolhido – logo ela, tão avessa a bandeiras, culto de imagens ou ideologias raciais. Como aquela conversa anos atrás no terreiro poderia ter culminado nesse momento? Haveria alguma relação com a profecia da mãe de santo? Seria ela o estandarte a afrontar o poder evangélico que se espalhara pelo país, fazendo com que a natural simpatia desse povo fosse substituída por retóricas moralistas e frases moldadas no egoísmo? Ela passara a vida numa redoma de vidro e não poderia supor que tal papel a vestisse.

Nesse panorama, o fator místico não era uma depreciação de sua arte, apenas um complemento. A aceitação nesse elemento trouxe desapontamento aos setores conservadores e reacionários da sociedade, mas ela não se importava. Seu público consumidor era outro: os impugnados religiosamente, os apreciadores de música radiofônica de qualidade e os que simplesmente queriam ver o circo pegar fogo.

Mas tudo mudaria depois daquele dia.

Simplesmente se negando a tornar sua música idiotizada, apenas falando de corpo, relacionamentos e traições, ela relutava em se tornar amiga de celebridades idiotas e jogadores de futebol machistas e em participar de programas acéfalos de domingo.

Natasha era compelida a tais instintos que valorizassem a sua pureza e saúde, não se contaminando com aditivos que fossem contra as suas crenças. Não consumia líquidos gelados ou alimentos com certa substância. Na sua concepção, não queria repetir os caminhos de algumas vocalistas de banda punk dos anos 1970, que não ligavam muito para música, mas para o ato de chocar. Ela tinha hora até mesmo para dormir, quando não estava em turnê.

Tomou um banho morno, em sua banheira repleta de florais. Aquele era seu momento de meditação, de tentar esquecer o episódio traumático e evitar os noticiários sobre a barbárie. Saldo de 150 feridos, 42 em estado grave na UTI, sete mortos, dois esfaqueados, cinco pisoteados. Parte da imprensa sensacionalista especulou sobre o teor das músicas, que faziam ode a demônios ou deidades, com exaltação suprema a Lilith. Teriam essas músicas incitado algum tipo de ódio? Ou seriam o uso de drogas e o efeito manada? Qual era o grau de responsabilidade dos organizadores de um evento grandioso como aquele? Haveria um número de pessoas acima do recomendado? Ou um número reduzido na segurança do evento?

Natasha afundou a cabeça na água morna, segurou a respiração o quanto pode e enfim emergiu; levantou-se nua, pegou a toalha e foi se secando até a sala — não se importando em molhar o chão, pois logo os serviçais viriam limpar seus rastros. Na sala estava o seu mentor, o psiquiatra Alberto Guion, que nos últimos tempos praticamente trabalhava somente para a estrela. Ele era chamado durante a madrugada e muitas vezes solicitado a passar a noite de plantão junto com ela — fosse nos Jardins, em São Paulo, fosse na mansão dela no Leblon, em sua casa de veraneio em Campos do Jordão, ou em Orlando, nos EUA.

Ela secava os cabelos, nua, de frente para o homem. Não sabia se Guion era heterossexual, mas ele nunca demonstrara nenhuma libido, ou ao menos um ato instintivo de desviar os olhos para seus seios com segundas intenções, ou jogar cantadas em momentos impróprios. Era um homem polido, com unhas bem-feitas, quase nenhum pelo no corpo, com uma careca lustrosa. Sempre bem trajado, na maioria das vezes usando sapatos italianos, pulôver, blazer, de preferência preto ou cinza, tudo combinando perfeitamente, e uma assepsia acima da média. Ela se divertia em ser malcriada diante do homem, que era "todo ouvidos" e um bom conselheiro, e sempre tinha um remédio em mãos, um floral quando ela precisasse acalmar a sua fera interior.

Ela se serviu de uma dose de vinho tinto do Porto, ainda nua, com um robe cor-de-rosa aberto, apenas cobrindo suas costas para aquecê-la, deixando à mostra a tatuagem de Lilith em seu peito nu. Sentou-se no sofá acolchoado e somente então fechou o robe sobre o seu corpo. Ficou em silêncio, o que nunca era constrangedor entre eles.

– Nem preciso falar sobre o que houve, né, Guion?

– Eu acompanhei os noticiários e, por esse motivo, vim para cá; imaginei que precisasse de mim.

– Estão falando muito mal de mim. Não tive saco para ficar acompanhando as notícias... Olhe só o meu egoísmo: pessoas morreram e muitas estão hospitalizadas, e eu preocupada com a minha imagem.

– Natasha, ficar se autoflagelando não levará a nada. O que pode fazer é assistir às famílias das vítimas, inclusive com ajuda financeira – o que convenhamos, não lhe fará falta. Será bem assessorada pelo seu corpo de advogados, mas gostaria de falar sobre você nesse momento.

– Tá certo – respondeu de forma pesarosa, saindo um pouco do papel de diva, que se autocolocara naquele pedestal de sucesso. – Sempre fico um pouco constrangida para falar sobre minhas fraquezas; não fui estimulada a conviver com a covardia e realmente me travesti de aço por fora para suportar o mau tempo, virei uma rocha por dentro para resistir aos apelos do coração. Parece que fui moldada para me tornar indiferente. Podemos cair no velho clichê de culpar os pais, mas não seria justo. Nunca fui de me vitimizar e não será nessa altura da vida que começarei a me rebaixar e disparar um discurso desse.

– Muito bem, Natasha – disse ele, de forma efusiva. – Libertar-se do sentimento de culpa é o primeiro passo para uma aceitação madura da realidade. Você sempre demonstrou ser uma pessoa centrada em sua carreira, desde nossa primeira sessão, anos atrás. Não posso dizer o mesmo de sua vida pessoal. Não se culpe por ser abastada. Você pode ostentar descaradamente viagens, roupas e amizades com celebridades. Não tenha vergonha de ser rica.

— Às vezes, me canso de tudo isso. Autógrafos, sorrisos forçados, paparazzi... E o pior de tudo: escrotos brigando onde deveriam se divertir. Quero que fique aqui essa noite. Preciso de você. Não ouse me abandonar, Guion! Essa noite foi terrível e já são altas horas. Que compromisso teria, que não fosse com seu sono pesado em um travesseiro?

— O sono dos justos — disse ele, relaxando mais o corpo no sofá, visto que a noite já estava acabando e dormiriam durante o dia.

Guion já pensava em qual remédio daria para acalmá-la. Estranhamente, ela não era avessa a medicamentos, desde que não afetassem suas cordas vocais.

— Passei a vida buscando o reconhecimento do meu trabalho, achei que isso preencheria esse vazio dentro de mim. No fundo, sempre estive buscando a tal felicidade, mas não a encontrei. O calor do público é um ópio que dura pouco mais de duas horas.

— Não pode dizer que não é amada, Natasha.

— Eles não amam Natasha, amam Pandora. Não consigo manter laços afetivos com ninguém, perdi todos que amava por manifestações e ímpetos de orgulho e fúria. Hoje, a maioria das pessoas que se aproxima — cruzou os braços, como se estivesse se protegendo de um inimigo invisível — é por interesse.

— Ouça bem — o psiquiatra amigo se inclinou para demonstrar a ênfase no que diria a seguir. Ele deslizava as mãos na borda da taça, como se fosse o preâmbulo de uma sessão de hipnose. — Pandora e Natasha são uma só pessoa, mesmo que as trate de forma dissociativa, como um *alter ego*. Ela ainda é você, um mecanismo de defesa para ocultar seu lado mais sombrio.

– Não é bem assim. Estou perdendo o controle dessa persona.
– Talvez seja a hora de dar uma pausa de um mês na sua turnê e reavaliar alguns pontos de sua vida. Em breve, você completará 27 anos, a menos que queira entrar no panteão de lendas que morreram com essa idade.
– A proposta de entrar para o clube é tentadora, não vou negar.

O amigo sentou-se a seu lado no sofá e tocou sua perna sem malícia apenas como tática de cura, de controle.

– Você tem que aprender a lidar com menor intensidade e não agir a ferro e fogo diante de todas as situações.
– Se fizesse isso, eu deixaria de ser o que as pessoas desejam, daria um ponto-final à minha carreira.
– Talvez uma visita à sua família lhe faça bem.
– Você não entende! O que eu era já morreu. É como se vivessem em um planeta distante. Algumas coisas não têm volta e devem ficar no passado. Eu perdi meus laços familiares, a minha mãe era a única coisa que ainda me mantinha ligada a eles. Depois de sua morte, eles se tornaram estranhos, de um passado distante.

Uma lágrima discreta rolou pela face de Natasha; ela ia secá-la discretamente com a palma da mão, mas o psiquiatra a deteve:

– Deixe fluir. Você acha que eles te abandonaram, mas, na verdade, foi você que os abandonou. Sabe disso, não é? Sabe ser isso o seu transtorno de personalidade limítrofe. Toda a instabilidade em seus relacionamentos, problemas com sua autoimagem, toda essa sua sensibilidade ao abandono, seus pensamentos suicidas e sua depressão acentuada. Você gosta de criar crises, Natasha.

– Isso vem da minha mãe... ela tinha os mesmos sintomas depressivos e de ansiedade. A sensação do vazio... às vezes, eu acho que não há fundamento em continuar existindo. E, às vezes, sinto uma fúria injustificável.

— Sua raiva é intensa e sem justificativa. Toda a sua amargura e seu sarcasmo cortante, suas explosões de fúria, eu mesmo já os recebi. Lembra-se daquela vez que me atrasei minutos?

— Eu me desculpei... fiquei realmente envergonhada. Sempre fui um pouco problemática. Eu me lembro, quando tinha 17 para 18 anos, peguei o carro do meu pai sem autorização e o arrebentei contra um poste. Abandonei a faculdade, e ele ficou muito puto. Sempre foi o maior conflito entre mim e ele: não seguir os passos que ele desejava, ir para o lado da arte era como ir para o lado da minha mãe. Mas, apesar de seu descontentamento, ele me ajudou. Não posso negar isso. Sou péssima para me relacionar com as pessoas.

— Você nunca soube criar vínculos duradouros com ninguém, o que pode ser visto como efeito natural, vindo de uma celebridade como você. Talvez para se proteger desse peso do sobrenome, de uma sina em que tranquilamente poderia viver do ócio criativo, você construiu em volta de si um casulo; e se as pessoas não estiverem em sintonia, são barradas de imediato.

— Tenho tido a sensação de me desprender do corpo quando durmo; tenho algumas alucinações e ando meio paranoica. Cheguei a desconfiar que a minha empregada quer me envenenar, então dou comida para o cachorro e espero para ver se ele tem alguma reação. Aí, sim, eu como. Loucura, não é?

— Tenho que concordar que é um exagero essa sua mania de perseguição. Vamos intensificar suas sessões de psicoterapia.

— O jeito é me render aos remédios.

Raul Rubbo entrou na sala; sem cumprimentar ninguém, serviu-se de uma dose de whisky. Vestia apenas um short e um par de pantufas.

— Que noite filha duma puta! Acabaram de morrer mais três que estavam na UTI — disse ele, olhando com sarcasmo para Natasha. — Terapia de novo? Porra, Natasha!

Saiu do ambiente dando um arroto sarcástico, quando uma jovem ninfeta apareceu de camisola na porta, chamando-o de volta para o quarto. Eles subiram a escadaria rindo alto enquanto ele dava tapas na bunda da jovem. Guion voltou-se novamente para ela:

– Você gosta desse tipo de relacionamento?

– Aberto.

– Você gosta dele?

– Óbvio, ou ele não estaria aqui. E ele é o melhor guitarrista, o melhor!

– Não seria melhor a solidão que a má companhia, Natasha? Ele é um vampiro psíquico, está te fazendo mal, não é possível que não consiga notar isso.

– Vou dormir... O remédio que você ministrou logo vai fazer efeito. Boa noite, querido! – disse ela, dando-lhe um beijo na testa. – O quarto de hóspedes está arrumado para você. Se quiser comer algo, fique à vontade, OK?

Já no seu quarto, ela adentrou a suíte, se despiu, observou seu corpo e todas as tatuagens que o cobriam. Pegou uma lâmina e fez um rasgo superficial de aproximadamente quatro centímetros próximo do pulso, em uma parte do corpo que poderia ser ocultada da grande mídia. Observou o sangue fluir. A dor a aliviava; o sangue fluindo era como um mal que precisava ser expurgado. Seu rosto se contraiu, seus olhos destilavam o ódio e a maldade, e sua boca escancarou como se fosse uma besta-fera. Abocanhou o próprio braço e se fartou com o sangue que escorria em um filete perfilado em sua boca, tingindo os seus dentes, respingando em seus seios e em seu tórax. Aquela que se olhava no espelho tinha um nome:

Pandora

Capítulo III
Pandemia

Quase como uma bênção meio camuflada, uma pandemia se abateu por todos os continentes com uma velocidade imensurável, trazendo à cantora o alívio de ter seu nome retirado das manchetes dos noticiários. O fato em escala global suplantou a tragédia do massacre no show. Era insensível pensar assim, mas ela já não se importava; já fora estigmatizada por esse adjetivo e nada que fizesse mudaria isso. Ter pagado o tratamento aos sobreviventes do próprio bolso e amparado as famílias dos falecidos não fazia dela uma heroína. A opinião pública rapidamente voltou-se contra a cantora, em um fenômeno antropomórfico não raro na história da cultura de massa – o tal do "cancelamento". Natasha estranhamente não se abalou, como se antevisse que esse momento chegaria mais cedo ou mais tarde; só não esperava que seu brilho e seu colapso tivessem sido tão breves. Num misto de tédio, amargura e impotência, a moça se entregava à sua espaçosa cama enquanto acompanhava na tela de seu celular os acontecimentos em tempo real.

Tudo levava ao Cairo, o ponto de partida dessa pandemia, conhecido pelos atentados terroristas que sofria desde os anos 1990. A capital do Egito, porém, nunca deixou de ser um centro turístico. O que ninguém imaginava é que ali surgiria uma pandemia que avassalaria o mundo, de uma forma que historicamente ainda não havia parâmetros. Se a gripe espanhola no século XX trouxe um novo contexto para a humanidade, desembocando na imensurável Segunda Guerra Mundial, assim como a covid-19 em 2020 culminou no isolamento social e novas configurações para as relações humanas, tudo isso pareceu apenas um mau presságio perto do que seria esta nova pandemia.

Tudo indica que o marco zero do contágio era a zona oeste da capital, onde ao acaso foram achados 22 sarcófagos intocados e preservados pelo tempo. Não foi possível averiguar sua dinastia, tampouco decifrar os hieróglifos, que estavam cuidadosamente embalados num vaso imerso numa espécie de resina vegetal. Uma certa euforia tomou conta dos moradores que abriram os esquifes antes que qualquer autoridade sanitária pudesse ser chamada. É sabido que micróbios e bactérias, se enclausurados em invólucros milenares, não devem ser expostos ao ar imediatamente, com o risco de se tornarem fatais – algo que uma pequena multidão haveria de ignorar diante das misérias da existência, na crença de ali achar algum tesouro ou joia que os retiraria da condição de meros coadjuvantes da sua própria vida. Mal sabiam eles que sua inocente ambição condenaria o planeta à mais bizarra das experiências.

O adoecimento similar a uma forte febre era mais do que esperado; a disritmia cardíaca atingia num plano secundário, com amortecimento de membros em alguns casos. Os noticiários já anunciavam que não era algo simples e passageiro, capaz de ser tratado com analgésicos. A doença ficou conhecida como febre de Ísis, já que no sarcófago foram encontrados elementos de adoração a essa deusa.

Três meses antes, aquela parecia uma realidade distante do Brasil. Agora, o número de mortes crescia a cada dia; e a Organização Mundial da Saúde, junto com a Anvisa (tendo como porta-voz o ministro da Saúde), já anunciava medidas para contenção do desconhecido vírus. Alguns medicamentos eram testados, já que a vacina deveria ficar pronta em um ou dois anos. Embora o clima tropical fosse favorável, ainda assim a praga se disseminava rapidamente, afetando de forma impiedosa as crianças com menos de 10 anos de idade: quase todas as atingidas eram ceifadas pela peste. Pacientes com comorbidades também se encontravam entre os casos com maior letalidade. Foi decretado estado de calamidade pública e consequentemente todos os eventos foram cancelados, além de ser declarada quarentena horizontal para todo o país. No momento, não era possível mensurar o tamanho do dano.

Hospitais de campanha foram montados por todo o mundo, fronteiras foram fechadas, ônibus interestaduais cortados. Os endinheirados podiam se manter em casa, diferentemente da realidade dos guetos, onde as geladeiras estavam vazias há tempos. Se esqueciam de que, um dia, suas fortalezas poderiam ruir frente a um povo que passava fome e já saqueava os mercados. Pelo visto, a pandemia de covid-19 não tinha sido o suficiente para que aprendessem.

A febre de Ísis, ou febre cadavérica, é extremamente assustadora e brutal, embora a morte seja lenta e gradativa.

Os sintomas iniciais são singelos e levam em torno de três meses para se manifestarem. Quando esses sinais aparecem, indicam que a pessoa em questão passou pela fase de incubação de sete dias. Ou seja, toda a progressão, do contágio ao óbito, pode levar meses: o primeiro estágio leva três meses, enquanto o segundo estágio pode chegar a cinco ou seis meses.

Há diferenças primordiais entre os afetados, principalmente em relação ao sexo. A doença afeta diretamente o sistema neurológico, transformando o doente do sexo masculino em um ser primal, uma besta-fera com impulsos violentos e associados a uma espécie de licantropia. A doença é mais branda nas mulheres e ataca violentamente os homens, que passam a ser chamados de "homens-lobo". Ataques convulsivos, boca torta, olhos esbugalhados e injetados de sangue, mãos se contorcendo feito garras, dificuldade motora para caminhar, impossibilidade de se comunicar de outra forma que não seja por urros primais. Lábios rachados e alta contaminação por contato. A adrenalina fica em alta nesses doentes, o que os faz se parecerem zumbis com metanfetamina em altas doses no corpo. Nos casos mais agravados, podem cometer assassinatos brutais, usando as próprias mãos e dentes para dilacerar suas vítimas. Os afetados demonstram apreciar a carne humana, embora as mulheres sejam mais sutis e se contentem apenas com o sangue. A desnutrição é um dos fatores que levam mais rapidamente à morte; assim, os infectados parecem querer de forma inconsciente suprir algo que está sendo levado deles.

Imagens aterradoras eram veiculadas em jornais sensacionalistas. Muitos dos casos acabavam com a morte dos atacados ou dos contagiados por todo tipo de arma, seja branca ou de fogo. O número de baixas crescia assustadoramente. Não podendo deixar de lado os assintomáticos, que não manifestavam a doença, porém carregavam o vírus. A fúria era o primeiro sinal de contágio.

Maxwell estava sentado em uma cadeira reforçada, mesmo assim arriada pelo seu peso mórbido. O que o homem tinha de pesado, tinha de matuto. De imediato, se preocupou com Natasha. Ele a tratava como uma espécie de filha, mas sem exercer sobre ela qualquer autoridade. Não era uma pessoa fácil de lidar, mas ela o tinha domado desde o primeiro instante; e eles se deram muito bem, e de forma harmônica. Tamanha era a confiança que ele gerenciava todos os bens da cantora.

Após a tragédia do clube, Maxwell entrou num processo de depressão maior que o de Natasha; dois reveses seguidos pareciam ser a guilhotina da Maria Antonieta sobre seus sonhos. Embora nenhum dos fatos tivesse sido sua culpa, sentia-se impotente e envergonhado, com uma relutância interior que muitos chamariam de covardia. Sentiu-se impelido a ter uma conversa com Natasha, e seria mais do que uma quebra de contrato: seria uma despedida.

— Minha querida, sabe que sou mais grato a você do que você a mim. Um termo pouco usual, mas você me deu paixão novamente para me embrenhar no mundo da música, de passar noites em claro numa mesa de mixagem experimentando texturas, ver seu progresso artístico sobrepujar a mediocridade latente. Você me rejuvenesceu, foi minha maior criação sem nunca ter sido aconselhada por mim. Nunca tivemos conversas íntimas, e talvez isso tenha mantido o nosso relacionamento saudável. Sabe que meu tempo com você está terminando... Você alçará seus próprios voos. Eu pavimentei em parte seu caminho, e em parte você mesma o fez. Nunca se vendeu a fórmulas fáceis, à erotização banal nem usou de seu sobrenome para tentar mais visibilidade. É possível que nem mesmo precisasse de mim... — nessa hora, ambos se abraçam em silêncio.

– Aproveite esse tempo para descansar, Natasha. Mas não um descanso total. Deixei agendadas algumas *lives*, e você vai fazer uns acústicos de sua mansão. Como tudo isso é monetizado, deve ganhar um bom dinheiro. É importante se manter visível. Faça treinos, poste o que está fazendo. Não seja tão arredia às redes sociais.

– Max – seu semblante ficou pensativo. – O nosso último e trágico show, todo aquele episódio de violência pode ter sido um sintoma do vírus, não pode?

– Acredito que sim. Afinal, esse vírus já estava correndo há meses aqui, não estava em evidência.

– Vou sentir a sua falta! Mas entendo, há tempos vem reclamando de cansaço. Agradeço por ter deixado alguma coisa pré-agendada, vou ter tempo para me reorganizar.

– Claro, tenho também boas notícias. Espere um minuto!

O homem desajeitado transpirava, com rodelas de suor embaixo das axilas em formato de pizza. Gotas protuberantes desciam de sua têmpora. Sua saúde nunca fora das melhores, e um simples levantar-se da cadeira era exaustivo. Natasha ficou imaginando quanto tempo seu amigo ainda teria de vida; não podia mensurar mais de uma década e entendia que ele não quisesse mais acompanhar seu estilo de vida eletrizante.

Maxwell abriu um mapa e tirou algumas fotos de uma casa de veraneio, com a vista paradisíaca de uma praia. Natasha ficou surpresa:

– Não me diga que você...

– É sua mais nova aquisição! Eu ia te contar, mas é uma ilha particular, não poderia contar pelo telefone, não é? Era de um amigo, um dos sócios da Editora Templo, e o local fica vazio na maior parte do tempo. Tome a chave.

– Onde é?

– Litoral de São Paulo. Ilhabela. Sugiro que você se mude para lá, em no máximo 48 horas. Consegui uma permissão para te levar de helicóptero. Todas as vias de tráfego, sejam terrestres, marítimas ou aéreas, serão fechadas em 48 horas. Lá, você sofrerá menos com o isolamento. Pode fazer suas corridas ou caminhadas com visão panorâmica da praia, tomar um sol. Sugiro que leve seus empregados mais próximos.

– Sim, com certeza! Levarei a minha governanta, uma faxineira, dois seguranças, os meus melhores. "Quero levar meu psiquiatra também, ele tem noções de Medicina, alguém pode ficar doente... – ela andava de um lado ao outro. – Tem sinal de internet decente lá? Vou precisar para as *lives*.

– Não precisará dos seguranças; a ilha é em um lugar de difícil acesso. Quanto às funções da mansão, somente a Gertrudes pode dar conta. Quanto menos pessoas, melhor. E de preferência, que caibam em um helicóptero. Precisa de algum espaço para suas coisas pessoais, também.

– Não abro mão do meu psiquiatra.

– Claro! Tudo bem. Eu já pensei em tudo. Tem um estúdio montado somente para seus ensaios na mansão.

– Eu vou levar o Raul também!

– Não deveria. Ele é tóxico, vai fazer mal para você na quarentena, não deveria.

– Sim, mas ele me diverte. E não posso deixá-lo para trás, não é? Preciso dos solos dele nos ensaios. E foi você quem nos apresentou, Max. É tarde demais para se arrepender.

– E quanto a Lino Marcos, Lívia, Claudio e Renato Petra? Sabe que o contrato deles se finda ainda este mês.

– Eles já são passado! Já é hora de seguir a minha carreira solo, termina aqui a Deep Level Green.

– Ótima escolha, só acho que está errando em manter Raul contigo. Bem, a escolha é sua, Natasha.

Natasha ficou olhando para Maxwell em silêncio; ele conhecia esse olhar.

– Pode falar, querida!

– Você não parece nada bem, se cuida homem – ela o abraçou. – Sabe que eu te amo!

– Também te amo, *darling*. Boa sorte em sua carreira solo!

E então ele partiu, e ela teve a impressão de que nunca mais o veria. Mesmo sabendo que esbarraria nele ainda por motivos contratuais, era estranha essa impressão. Ela nunca tinha dito isso para ele, nunca dizia isso a ninguém. Talvez toda aquela ansiedade por um evento pandêmico tivesse aflorado ainda mais seus sentimentos e trazido à tona a empatia velada. Abriu um vinho tinto e tomou uma taça enquanto observava pela vidraça o amigo indo embora. Tinha a impressão de que aquilo era uma despedida.

Raul chegou por trás e começou a beijar o cangote de Natasha, passando a mão por sua cintura afunilada e adentrando o dedo no vão de sua meia arrastão, alisando sua pele macia. Natasha falou:

– É feio escutar atrás da porta.

– Esse lixo vai ver quem é tóxico, ele é que não passa de um parasita.

– Ele está certo – ela olhou para trás, seus lábios se encontraram, e ela mordeu o lábio dele. Ele se afastou com a mão na boca.

– Se foder!

– Prepara suas coisas! A mamãe vai viajar.

– Vou despachar a Kim, vai "dar ruim" levá-la no confinamento.

– Esqueceu do nosso trato? Eu a quero nesse voo.

– A mina está grávida, lembra? É sujeira. Vai dar trabalho, e logo você não vai curtir praticar um *ménage* com ela. E a sua ideia de que ela vai te vender a criança, isso é loucura! Nós nem temos jeito com criança, porra!

Kim apareceu na sala. Natasha riu, sarcástica:

– Pelo visto, não é o único que escuta atrás da porta.

– Posso ir embora agora mesmo, Natasha – disse Kim. – A minha barriga não vai aparecer, pois eu vou abortar antes. Mas a proposta está em pé. Se quer mesmo essa criança, estou disposta a te vendê-la. Quero meio milhão de reais, esse é o trato. Não abaixo o valor, sei que isso não é nada para você. Vou retomar a minha vida depois desse desastre.

Os olhos de Natasha brilharam:

– Depois que a criança nascer, vai precisar amamentá-la por uns três meses ao menos. Depois, quero que suma da minha vida e da vida de Raul. Está entendido?

– Será um prazer sumir da vida de vocês.

– Então, prepare sua mala. Você vai viajar.

Capítulo IV
A vara de porcos

> Então Jesus lhe perguntou: "Qual é o seu nome?"
> "Meu nome é Legião", respondeu ele, "porque somos muitos".
> E implorava a Jesus, com insistência, que não os
> mandasse sair daquela região.
> Uma grande manada de porcos estava pastando
> numa colina próxima.
> Os demônios imploraram a Jesus: "Manda-nos para os porcos,
> para que entremos neles".
> Ele lhes deu permissão, e os espíritos imundos
> saíram e entraram nos porcos.
> A manada de cerca de dois mil porcos
> atirou-se precipício abaixo,
> em direção ao mar, e nele se afogou.
>
> Marcos 5:9-13

A cantora segurou seu chapéu de feltro para que ele não saísse voando de sua cabeça devido à ventania causada pela hélice do helicóptero. E ali estavam aqueles com os quais conviveria dias de autoconhecimento ou inferno total. O guitarrista com influências neoclássicas que poderia atingir um patamar maior na música se não fosse leniente com seus compromissos. Ao seu lado estava Kim, uma jovem cor de ébano e com cabelos cheios de dreads coloridos que lhe conferiam o poder de uma deusa; e sentado na frente dos dois estava Alberto Guion, o psiquiatra que não possuía boa reputação no meio acadêmico por se mostrar um tanto controverso. Ganhara por circunstâncias do acaso a predileção de Natasha, com sua aparência asséptica, cordialidade natural e estrutura pouco viril, que levava certas mulheres a responderem com confiança a esse tipo de homem. Guion, longe de se sentir ressentido, soube aproveitar-se disso em sua carreira. Assim como todos, ele também era um simples satélite que orbitava um sol chamado Pandora, que estava ameaçado a colapsar. E, num canto discreto, um satélite menor quase passava desapercebido: lá se encontrava a senhora Gertrudes, que seria a serviçal de todo o grupo.

 Raul foi o primeiro a perceber as linhas mais escondidas de sua namorada quando contratado por Maxwell para participar das gravações. Depois de se tornar um alicerce junto a Natasha no palco, conseguiu manter em sigilo alguns encontros com a cantora. Ela representava muito para outras pessoas e até para si mesma, para se degradar em sites de fofoca sobre relacionamentos. Raul tinha, é claro, seus objetivos artísticos em pauta, e um rompimento ou desgaste num relacionamento com ela seria algo nocivo. Talvez fosse incômodo se resguardar de algo que o lisonjearia para o resto da vida no nível pessoal, mas ele tinha a fama de afundar carreiras.

 Por isso ele se chocou, como se estivesse ouvindo de uma entidade, sobre o desejo de Natasha obter uma criança. Tudo isso devido a uma sessão ocultista da qual os dois participaram de forma descompromissada no começo da carreira; mas uma palavra profética proferida pela sacerdotisa a Natasha mudou seu modo de pensar. Ela disse que, no momento certo, a criança viria até eles e que ela saberia quando o momento chegasse. Raul soube que esse momento tinha chegado quando conheceram Kim em uma festa da alta sociedade, em São Paulo. Ela se apresentou como uma garota de programa de luxo, e os três foram para a cama, mais de uma vez. Certo dia, Kim relatou ao casal que estava grávida e não tinha ideia de quem poderia ser o pai da criança, e que iria abortar. Natasha logo pôs seu plano em prática: aquela criança tinha de ser dela. O que Raul escondeu de sua namorada é que ele já conhecia Kim antes daquele encontro; ela já era um *affair* dele, e não era uma puta.

Kim achou estranho aquele pedido de comprar o seu filho; mas ela iria abortar mesmo, ao menos viraria uma boa grana e a tiraria de sua vida periférica. Afinal, fazer parte da alta sociedade era seu sonho e nisso tinha se empenhado, entrando em festas da alta sociedade através de sua perspicácia e algumas amizades que a encaixavam nesses locais. Mas sempre assistia a tudo como uma espectadora. No momento do pedido, percebeu um brilho incomum no olhar de Natasha. E como negar algo a uma diva, quase uma semideusa? Aquele ser que exalava um perfume naturalmente de suas partes mais quentes do corpo, e exatamente como no palco? Mas aquilo soava como uma atuação. O pedido não fazia sentido, embora ela tivesse explicado sobre sua fisiologia, que teve problemas no útero no início da sua vida madura e o retirou. Mas aquela era Natasha; já a criatura que a intimara no acordo e a atravessara com o olhar era Pandora.

O helicóptero levantou voo e partiu rumo ao litoral paulista. Raul acendeu um baseado e depois o passou para Kim. Não ofereceu a Natasha, pois sabia que ela o negaria, assim como o psiquiatra e Gertrudes, que negaram dar uma tragada, mas fumavam de tabela naquele espaço confinado. Raul tinha drogas para toda uma temporada: ácido, cocaína, maconha, além de vinho e muitos destilados – toda sorte de bebida quente. Natasha também tinha uma caixa com algumas especiarias, chás alucinógenos, algumas ervas e uma única dose de bálsamo, que ela guardava para uma ocasião especial.

O efeito da marola fez Natasha aparentemente tirar um cochilo, embora estivesse mais para um transe. Todos ali já estavam acostumados com esse tipo de excentricidade circundando a artista. A visão periférica dela foi diminuindo, a voz dos demais foi ficando distante e a escuridão foi tomando forma. Enfim, estava em um lugar vazio, como se fosse um feto encolhido no útero, solitário. De repente, em sua viagem, estava sobrevoando os céus, sentindo a brisa, tendo a visão aérea da mansão, observando toda a extensão da rocha, findando em algo tempestuoso. Como um pássaro, ela adentrou um dos vitrais, tornando-se apenas a espectadora de um evento que ocorrera anos atrás.

Agora, estava em um quarto escuro; não podia mensurar seu tamanho real, mal podia sentir sua solidez no piso onde seus pés a sustentavam. Então uma luz acendeu, de baixo, e ficou visível um espelho antigo, prateado, com um metro de altura por sessenta centímetros de largura. As bordas arredondadas fechavam em um bico na parte inferior, formando duas pontas na parte superior que se encontravam em uma terceira haste ao centro, também com bordas arredondadas espelhando seu reflexo. Natasha caminhou lentamente, parou em frente a ele e o tateou. Uma energia emanava daquele artefato e logo o que era sólido se tornou líquido; ela foi imergindo, sendo levada a um universo paralelo...

Era escuridão, mas aos poucos tudo foi clareando. Ela olhou para uma televisão de tubo, ligada, chuviscando. Vez ou outra, uma imagem em preto e branco aparecia: era irmã Lúcia, praticamente uma santa aquela mulher. Teve forte apelo político no Brasil, beijou a mão do papa e liderou conventos por todo o país. Assim como todo brasileiro, Natasha conhecia aquela personalidade, que estava sumida do foco da mídia há alguns anos. Essa mulher era vista no monitor, que tinha oscilações típicas de aparelhos analógicos. Ela aparecia em um estádio vazio, em uma missa campal, ao lado de um padre que usava uma túnica preta. E não havia ninguém mais, pois a pandemia não permitia público. Enfim, o altar começou a minar sangue, o líquido escorria pelas bordas. A esclera da mulher ficou branca, e ela cessou sua oração, que era toda recitada em latim. Aproximou-se da tela da televisão e observou Natasha, como se houvesse uma conexão entre o que ocorria na tevê e sua espectadora solitária.

A cantora sentiu medo, fechou os olhos, apertou forte as pálpebras; quando os abriu, viu um outro padre vestindo seu hábito e estola roxa, dispersando água-benta em uma senhora cadavérica, com ossos protuberantes, olhos roxos e encovados, dentes maltratados, unhas quebradiças, lábios rachados e pele ressecada. Era óbvio que se tratava de uma doente terminal; não podia ter muito tempo de vida, pois estava desidratada e possessa. Ela urrava, relinchava como um cavalo, dizia obscenidades. Sua voz era rouca, como se tivesse algum tipo de doença nas cordas vocais, e retumbava de forma infernal naquele espaço acústico. A moribunda começou a levitar e as amarras de couro se soltaram. A esclera de seus olhos ficou branca, e um cheiro pútrido de fezes invadiu o recinto. O ar era pesado, como se a cantora fosse comprimida por um ser invisível.

O coração de Natasha disparou em uma arritmia; ela sabia ser um sonho, mas não conseguia acordar. Podia ouvir vozes tentando resgatá-la. Irmã Lúcia já não estava na cama, nem mesmo o exorcista estava ao seu lado. Foi quando a freira possessa sussurrou ao pé do seu ouvido; Natasha estava então do outro lado do monitor.

"Ele achou que seria fácil, não passa de um tolo.
Quando um sai, sete entram."
"Me liberte, Pandora!"

Pandora olhou para a possuída ao seu lado; a mulher estava nua, era puro osso, exalava morte. Seu cabelo era ralo, e suas formas desproporcionais. Causou asco e medo imediato; suas veias e terminações nervosas estavam expostas. A criatura cadavérica estendeu seu braço fino em direção a sua conexão:

"VEJA!"

De repente, Pandora se viu no centro de um núcleo de freiras; mas elas não estavam no chão, desafiavam a gravidade, levitando até culminar no teto da mansão. Irmã Lúcia se encontrava frente a ela, mais altiva, como antes da fase terminal da possessão. Um odor de enxofre acompanhou sua voz, e seu braço estendido foi como uma seta de indicação para as mulheres que caíam do teto. Como porcos relinchando, todas correram em direção à porta de saída. Ensandecidas, chegaram ao topo do desfiladeiro e se lançaram para o precipício; algumas caindo direto no mar, outras morrendo no percurso, em choque com a rocha.

Natasha despertou de seu pesadelo, em prantos, gritando ensandecida; ela própria se sentia caindo no desfiladeiro. E se não fosse contida por Raul e Guion, certamente todos cairiam do helicóptero, que chegou a balançar. Raul estava extasiado, pois aquele era o ponto forte da relação dos dois: as excentricidades da estrela Pandora.

– A brisa foi boa mesmo, Naty – disse Raul, com um sorriso debochado. – Quase fez todos darem um rasante direto para o inferno!

Guion chamou a atenção para fora: estavam sobrevoando a mansão, com uma vista majestosa da rocha e do desfiladeiro, Raul teve de expressar em palavras seu contentamento:

– Puta que pariu! Que vista fodida do caralho!

O piloto pousou o helicóptero em um heliporto particular da mansão. Natasha estava atônita: era exatamente igual a seus sonhos. Chamou Guion de canto:

– Eu tive um sonho: freiras caíam desse desfiladeiro! Exatamente assim, o local, tudo!

– Deixe disso, querida! Max não te mostrou fotos de sua propriedade?

– Mostrou, sim, mas não exatamente deste ponto.

– E precisa mostrar? Basta um pouco de imaginação e você projetaria isso em sua mente. Natasha, é natural sonhar com esse local, estava vindo para cá.

– Me lembro apenas de fragmentos, apenas...

– Você tirou um breve cochilo, ou seja, era um sonho dirigido por você. Agora, deixe disso – enganchou o braço nela e caminharam, adentrando a mansão. – Vamos conhecer seu novo lar.

A mansão tinha janelas grandiosas que davam vista para a imensidão do mar, onde garças sobrevoavam e pousavam em gárgulas da edificação. Tudo tinha um ar sacro: paredes de tijolo à vista, com formato de cruz esculpida; um silêncio sepulcral, daqueles que forçam qualquer um a olhar para seu interior – tudo o que Natasha não tinha. Sua alma gritava, em frenéticos timbres; mas, como podemos imaginar, o eco deveria ser fantástico para uma cantora lírica de alta potência.

Tateou a parede fria: o local era gélido. Era de se esperar, o vento cortava de todas as direções devido ao local descampado. Pela quantidade infinita de árvores e ausência de poluição, o ar devia ser mais puro. Mas não era essa a sensação: havia um peso no ar. Seria devido à pressão atmosférica? Era deveras um lugar mais úmido, com tendência a mofar as coisas. O chão era feito de dormentes, os mesmos usados em trilhos de trem que, devidamente envernizados, têm durabilidade maior que a vida de um humano. O mesmo tipo de madeira também era usado nos batentes das portas e nas inúmeras repartições nos corredores, que pareciam não ter fim. Ela podia se exercitar somente caminhando dentro da mansão.

A escadaria era ampla, daquelas de grandes festas; o entalhe do corrimão era de madeira de lei, de alta resistência a cupins e brocas, característico pela cor bege-amarelado, com superfície lisa e lustrosa. A grade abaixo era feita com ferro fundido, em um arabesco que formava desenhos inusitados; pareciam ser sacros e, em algumas partes, o desenho formava cinco pinhas de ferro torcido. Natasha tocou o ferro gélido, tentando entender o significado daquelas formas geométricas.

A mansão tinha mesmo muitos detalhes a se observar, como os vitrais, semelhantes aos de uma igreja; mas, em vez de santos, traziam imagens de animais e da natureza. Eram parecidos com os exemplares de Saint-Chapelle de Paris ou da Catedral de Chartres; era o conhecido vitral de chumbo. Os quartos eram amplos, todos com sacada, e o quarto dela tinha um antigo apiário e um amplexo solar, com cortinas majestosas em estilo *blackout*. Quando abertas, davam vista para o desfiladeiro, com uma estrada feita com pedras de brita até o mirante. Naquele momento, ela podia apreciar o crepúsculo.

Era mesmo o leito de uma rainha. Teria de dar créditos a Max pela excelente escolha, pois dessa vez ele tinha se superado.

Desceu ao piso inferior, ignorando os demais hóspedes que estavam extasiados. Instintivamente, sabia que havia algo ainda não desvelado. Entrou na cozinha de ares industriais, adentrou um corredor adjacente e chegou a uma porta de chumbo: estava fechada.

– Cadê a chave dessa porta? – perguntou à governanta, Dona Gertrudes.

– Não sei, senhora. Talvez o senhor Maxwell saiba – disse o piloto do helicóptero. – Tudo indica que dá acesso ao porão da mansão.

E então o piloto partiu.

A noite chegou, acenderam a lareira e se reuniram no grandioso hall. Tomaram um vinho, e a governanta serviu algumas porções frias. Já começavam a falar alto, entorpecidos pelo vinho. Kim foi censurada por Natasha:

– Não devia beber tanto estando grávida.

– Você é minha mãe? Acho que não.

– Foda-se! – replicou Natasha. – Hoje é o dia de dar boas-vindas!

– À nossa prisão domiciliar! – disse Guion.

– Sejam bem-vindos ao cárcere! – replicou Raul.

Guion, após um tempo, sendo o único sóbrio, se despediu e subiu para seus aposentos. Kim e Natasha estavam bêbadas; ela se permitiu a esse deslize, já que ficaria um bom tempo em reclusão. Raul tinha moderado no vinho. Ele queria transar e, da última vez, tinha brochado devido à bebida em excesso, por isso a cautela.

Feito um predador, conduziu a situação, enlaçando Natasha com seus beijos molhados. Kim chegou por trás, deitou-se sobre os dois e começou a beijar a dona da mansão. Se entrelaçaram em um *ménage à trois*, aquecidos pelo vinho e pela lareira, liberados de qualquer inibição, em gritos orgásticos, com a intenção de serem ouvidos pelos habitantes mais incautos da mansão. Tudo estava muito prazeroso até Natasha notar que a escolhida para a ejaculação era a ninfeta Kim. Embora a anfitriã fosse belíssima, ficou de lado observando o êxtase de Raul ejaculando na jovem. Não era tola; sabia que, em um ménage, o homem sempre escolhia aquela que mais o excitava para uma possível fecundação inconsciente. Talvez por ser mais jovem, por ser uma mulher fértil ou por já estar fecundada; o fato é que sentiu ciúmes e raiva. Levantou-se e foi para os seus aposentos, deixando o casal dormindo, ambos nus e parcialmente embriagados no tapete persa que não pertencia a eles.

Kim era uma fã de Raul Rubbo. Naquela noite, se aninhou em seu peito e sussurrou no ouvido dele algo que o inquietou:

– Você é o pai dessa criança! – colocou a mão dele em seu ventre.

Isso mudava tudo!

Capítulo V
Malpassado

Doze dias depois...
Já era meio-dia e Natasha estava *blasé*, sentada de frente para a bela vista do mirante, em uma mesa feita de ferro, redonda e pintada de branco. Ela mal tocou o almoço. Diferentemente da maioria da população, ela tinha dinheiro para três gerações ou mais se manterem no puro ócio e um estoque de mantimentos para um batalhão, embora não tivesse se alimentado bem nos últimos dias. Por sorte, tinha uma adega igualmente abastecida. Olhou para Guion e foi obrigada a dizer:

– Tira esse sapato! Você está em casa, não em uma convenção de trabalho.

– Estou confortável assim, querida.

– Não consigo te imaginar de bermuda. E olha, essa quarentena está com cara de ir longe. Você me vê despenteada e sem maquiagem, e eu não te vejo desmontado de sua persona. Eu abro meu coração para você todo dia – apoiou-se no ombro de Guion. – E você, já abriu seu coração para mim?

– Sou seu médico; eu preciso te ouvir, e não o contrário. E, se me permite dar um conselho, é melhor maneirar no consumo do vinho e se alimentar melhor daqui para a frente. Quanto a estar despenteado, acho meio difícil, não é?

– Esse isolamento vai ser um tédio. Ao menos não nos faltará alimento. Estamos seguros aqui.

– Não tenha tanta certeza disso. A fortaleza dos nobres pode ruir; um povo com fome desvela o lado mais sombrio do ser humano. Quando as necessidades apertarem, fortalezas serão invadidas, não tenha dúvidas disso. Mais cedo ou mais tarde, a praga adentra o lar, mesmo o dos mais precavidos. Lembra-se do conto "A máscara da Morte Rubra", de Poe?

Natasha não deu importância nem continuidade ao raciocínio de Guion; cortou o bife, sem muita energia, e solicitou à governanta que estava a poucos metros de distância:

– Gertrudes! Venha aqui!

A governanta estava sempre de prontidão, uma espécie de faz-tudo na crise, faxina, comida, cama e mesa, praticamente uma escrava daquela pequena elite.

– Chamou, Dona Natasha?

– Eu disse que queria o bife malpassado.

– Está malpassado. Veja, tem até sangue na carne.

– Mioglobina, para ser mais específico. – disse Guion.

– Não me parece malpassado o suficiente. Isso é ao ponto. Deixa, eu mesma vou fazer.

Levantou-se furiosa e jogou os talheres sobre a mesa, deixando Guion sozinho. Encaminhou-se à cozinha, pegou um bife, separou os temperos, o limão o alho e sal; ligou a frigideira, despejou o filete de azeite e ficou observando o aquecimento. Pegou o bife em suas mãos e, subitamente desistindo de fritá-lo, deu mordidas com vontade, deixando o suco escorrer de sua boca.

No seu retorno, passou pelo hall e, da vidraça, viu algo inusitado no mirante. Estava contra o sol, era difícil enxergar. Parecia uma mulher vestida de branco, uma freira. Imediatamente, Natasha saiu pela porta adjacente e caminhou pelo caminho de pedras, contra o sol forte que praticamente a cegava.

Parou a alguns metros da freira, de costas, observando o mirante.

– Ei, quem é você?

A freira virou-se para ela, estendendo os braços em sua direção. As mãos da freira tinham chagas, como as de Cristo, e seus olhos vertiam sangue. Um sol ainda mais intenso fez o efeito de um clarão. Natasha cobriu os olhos com suas mãos e, quando baixou a intensidade, ela observou que a freira tinha passado para o outro lado da mureta de concreto e ia se lançar ao precipício.

– Ei, não!

A freira lançou-se e Natasha correu em sua direção; mas já não era uma pessoa, e, sim, uma ave. Estava tendo alucinações...

Saiu de seu transe ao responder ao chamado de Raul, que estava exaltado. Ele a pegou pelo braço e a levou a à extremidade contrária, onde Guion terminava seu almoço.

– Temos de desistir dessa ideia louca de comprar o filho de Kim.

– Não acha que é tarde demais para voltar atrás? – disse Natasha, sem dar muita importância. – Ela mesma disse: se não comprarmos o filho dela, vai abortar.

– Você não entende.

– É uma GP, nem sabe quem é o pai.

– É mentira! Ela não é uma garota de programa.

– Como não? A conhecemos nessas condições, lembra?

– Eu já a conhecia antes, isso foi forjado, ela era minha fã.

Pandora se desvencilhou de Raul, irritada:

– Você é mesmo um idiota! – disse Natasha, emputecida. – Mas isso não vai mudar o que já foi combinado. Então ela é sua amante? Tem sentimentos por ela?

– Não é assim, foram alguns flertes. É verdade, eu fui um idiota.

– E por qual motivo resolveu me contar isso? – perguntou ela, desconfiada.

– Ela me disse que eu sou o pai da criança, e isso muda tudo.

Houve um momento de silêncio, ela estava pensativa:

– Isso não muda nada, nada! Eu quero essa criança! Quanto a você, pode ficar com ela. Odeio mentiras!

Natasha se afastou dele.

Raul deu um grito e, como um menino mimado, socou o ar. Precisava de alguma atividade ou iria enlouquecer. Já na cozinha, passou pela porta de ferro e achou que poderia ser uma boa distração. Buscou umas ferramentas. Barulhos intermitentes de batidas assolaram toda a mansão; ele tentava arrombar a porta de ferro com o uso de uma marreta e uma chave de fenda. Tentou também um pé de cabra mas, sem sucesso. Natasha permaneceu sentada no sofá acolchoado e apenas ridicularizava o ato infantil de Raul:

– Não sabe nem trocar a resistência de um chuveiro e agora quer bancar o marido de aluguel. Idiota!

Raul deu uma marretada em falso e se desequilibrou; sua mão bateu na borda, afiada pelas repetidas pancadas, e abriu uma fenda. Foi um rasgo feio na palma, e verteu bastante sangue. Ele se sentou no chão com dor intensa, gritando um sonoro palavrão. Natasha se mostrou indiferente, como se estivesse meio aérea. Os gritos logo chamaram a atenção de Gertrudes, Guion e Kim.

O único que tinha as habilidades médicas, o polido Alberto Guion, fez os primeiros socorros e o levou para lavar e desinfetar a mão, para em seguida enfaixar e ministrar remédios. Natasha não teve a curiosidade de segui-los. Ficou ali, como se hipnotizada pelo vermelho escarlate fluido no chão. Tinha uma cor tão viva! Aquilo era a vida, desperdiçada! Ainda de camisola, deitou-se ao chão e ficou admirada, praticamente petrificada, observando a poucos centímetros da poça a ponta do seu nariz quase tocando o sangue. Depois, de forma quase inconsciente e mais instintiva, feito um felino, debruçou-se sobre o líquido, tocando-o com a ponta de sua língua. Ao recolhê-la, sentiu o sangue em seu paladar: era revigorante. A segunda lambida foi mais gulosa. Lambeu de fora a fora toda a extensão do sangue, se chafurdou, apalpou e passou as mãos em seus seios. Estava excitada, alimentada.

– Sabe onde está a tesoura? – perguntou Guion antes de estancar, chocado ao ver aquela cena. – Natasha!

Ela olhou para ele com seu semblante tingido.

– Agora descobriu meu segredo. Parabéns!

Guion veio em seu socorro e tocou sua testa.

– Querida. Você está com a febre! Desde quando surgiu seu apetite por sangue?

– Há um tempo.

– Tem tido alucinações?

– Sim, todas com uma ou mais freiras.

– Igual no helicóptero.

– Aham.

– O certo é você se isolar ou pode nos contaminar.

– Nem a pau! Quem quiser pode ir embora. Não vou ficar confinada em um quarto. Essa mansão é minha, esqueceu?

— O mundo não gira em torno de você. Não é hora de narcisismo, isso não vai ajudar em nada. Agora, acho melhor se limpar.

— Você não me dá ordens, Guion.

— O mundo que você conhecia está mudado, já não é hora de enxergar?

Natasha ficou espantada com o tom mais alto do amigo.

— Nunca falou assim comigo, o que há? Nunca te vi sair do tom, sempre pareceu uma fonte inabalável.

— Eu é que deveria estar — Guion tentou se recompor. — Me desculpa! Estou longe de alguns amigos, e a quarentena está afetando todos nós. Também não sei dizer se o que tem é mesmo a febre. Talvez seja somente sua excentricidade.

— Talvez. Ou você também pode estar manifestando o primeiro sinal da febre, a fúria. Não é esse o primeiro sintoma? Se eu estiver contaminada, há uma chance de que você e todos aqui estejam.

— Depende. Mais da metade da população tem se mostrado assintomática. Se isso se confirmar, é muito grave; o caso é mais grave nos homens.

— Claro! Mulheres-vampiras e homens-lobo. É mesmo o apocalipse!

Guion sentiu pela primeira vez uma ereção em relação à sua cliente; ou seria ao sangue que emanava de sua boca, ou à estranheza da situação? Despudorada, ela se despiu de sua camisola e subiu nua para seu banho. Deixou a água encher a banheira, alheia aos gritos de Raul, que ocorriam lá fora, e começou a cantar. Sua voz lírica ecoava naquele banheiro luxuoso, se mesclando aos gritos abafados de Raul.

Espírito da tempestade,
donzela do ar,

espírito dos ventos, fonte de sedução...
Veio seduzir os homens,
Lilitu, Lilitu...
Ser noturno, lampeiro, coruja...
Os animais noturnos te contemplam...
Cheia de sangue e saliva
Hecate... Hecate...
O homem a repudiou...
Tens garras de pássaro e belas asas...
Serpente, serpente...
Ishtar... Ishtar...
Lilitu... Lilitu...

Vestiu seu roupão e desceu até o corredor. Ficou observando a porta de ferro, que estranhamente se abriu, como por magia, ao toque de Natasha. Ela então adentrou um estreito corredor escuro, e uma luz rebatida logo foi desvelada.

Era um espelho!

Capítulo VI
Gangrena e alta temperatura

Natasha tirou uma selfie na frente do espelho e postou em seu Instagram. Em poucos minutos, tinha um número recorde de curtidas e comentários. Os fãs estavam ansiosos por uma migalha que fosse da diva Pandora. Na legenda, ela dizia: "Um portal para outro universo". Apenas ela, de frente para o espelho encontrado na sala escura.

Essa foto teve mais aceitação que a anterior, tirada em uma banheira da mansão, cheia de água vermelha como sangue (tingida por alguma essência, como acreditavam os fãs), com a seguinte legenda: "Essa pandemia não faz distinção entre ricos e pobres". A frase não foi bem aceita, já que não havia um mesmo tratamento para todas as classes: enquanto ela tomava banho em sua banheira na mansão, bairros periféricos sofriam com fome, geladeira vazia, aglomerados de pessoas em um único cômodo de um barraco. Foi uma frase infeliz, já que até então ela não tinha feito uma única *live* beneficente – embora uma das últimas ações de Maxwell tivesse sido disparar uma verba da cantora para ajudar na compra de máscaras e luvas para doação, minimizando o contágio e o impacto negativo de sua imagem.

Alguns casos de ataques dos chamados homens-lobo assustavam todo o mundo. As bestas-feras raivosas eclodiam e casos de assassinatos por mutilação cresciam a cada dia. A arma deles era a mordida letal, que arrancava nacos, preferencialmente do pescoço das vítimas. A alta letalidade levou a polícia a atos mais severos, atirando para matar; mas muitos deles não tinham nem tempo de recarregar as armas e se tornavam vítimas também.

No Brasil, a promessa de não cortarem os suprimentos básicos da população em geral foi aos poucos deixada de lado. Populares ficaram sem energia, muitos sem água potável. E a internet, por consequência, sobrecarregada nos primeiros meses, foi sendo cortada por falta de verbas. Hospitais públicos ficaram superlotados e se tornaram focos de infestação; afinal, poucos tinham dinheiro para arcar com hospitais particulares. O desemprego aumentava a níveis estratosféricos e, com isso, aumentavam os saques a mercados e o vandalismo. O dólar disparou, os alimentos ficaram mais caros. Enquanto os cientistas tentavam descobrir qual fator levava as mulheres a ter sintomas mais brandos da doença, e por qual motivo a sede de sangue era um ponto em comum entre todos os infectados, o mundo desmoronava. Estudos frequentes sobre o DNA dos atingidos, bem como alterações nos cromossomos de homens e mulheres, os faziam acreditar em um caminho para a cura.

Já havia se passado uma semana, e o ferimento de Raul só piorava. Parecia mesmo algo sobrenatural; se tivesse tomado um tiro ou fraturado um osso, até haveria razão, mas um rasgo na mão se tornar um pandemônio parecia mesmo mostrar que aquele lugar não os queria ali.

Natasha encaminhou-se ao quarto onde Guion retirava a faixa da mão do guitarrista. Ele urrava de dor; o ferimento estava ficando preto-esverdeado e tinha um inchaço protuberante.

– Está com gangrena – disse Guion. – Está sem fluxo sanguíneo e com presença de pus. Por sorte, sou um homem precavido e trouxe alguns antibióticos, mas não parecem estar surtindo efeito.

Kim passou por Natasha, que toda amorosa se ajoelhou perante Raul, ajudando a enfaixar o ferimento de sua mão. A anfitriã apenas sentiu a ira se apoderar dela e sabia o que viria na sequência. Olhando a ninfeta com desdém, a enquadrou:

– Se limite a cuidar de minha prole, pode deixar que cuido dele.

Kim olhou para sua rival de forma felina, massageou o seu ventre:

– Por enquanto é minha prole, não há nenhum papel formal sobre isso. Talvez precisemos rever os valores.

Guion ficou sem graça e saiu do quarto, com a pretensa desculpa de buscar os antibióticos. Kim também se retirou, deixando o casal nada convencional sozinho para discutir a relação.

– Qual é a sua, Naty? Resolveu ter ciúmes agora? Nosso relacionamento sempre foi aberto, você quis assim, não é? Acha que não me feri no começo, quando te via trepando com todo mundo, homens e mulheres, hã? Me acostumei a isso; no fim, acabei gostando da liberdade. Você mesma dizia o mantra: ser leal e ser fiel são duas coisas diferentes, não é?

— Acontece que você não foi leal, e toda colmeia só tem uma rainha.

— Não é certo continuar com esse plano, seu ego e misantropia te impedem de voltar atrás. Se aceitar deixar isso de lado, eu não vou mais ter relações com ela.

— Acho que é o contrário, você está louco para brincar de casinha com ela. Você não era nada, Raul! Um pedaço de merda, um anônimo, eu te dei notoriedade. Você come, dorme e fode, bancado pelo meu dinheiro, meu lar. Posso te chutar para fora feito um cão sarnento quando bem entender, assim como fiz com os outros membros do Deep Level Green.

Raul se recostou na cama, sua face se avermelhou; quando ficava nervoso e era acuado pelo ataque colossal de Natasha, abaixava a guarda e perdia seu poder de retórica. Embora se julgasse bom de briga, geralmente se escondia até a poeira abaixar, quando a ira dela eclodia. Mas as últimas afirmações o deixaram mais humilhado que o convencional; realmente se sentiu um pedaço de merda. Falou em tom mais baixo:

— Meus solos de guitarra te alavancaram para a fama.

— Seus solos de guitarra são substituíveis. Minha voz é única.

— Foi sua a ideia da criança! Está sendo injusta. Queira ou não, eu faço parte disso! Eu acompanhei o ritual ascendente da nossa escalada ao sucesso.

— Quando a gente estava trepando, você ejaculou nela, seu canalha!

— O quê?

— Você a escolheu, então faça bom proveito.

— Foi uma escolha aleatória.

Ele colocou a mão nela, ao que ela reagiu com ira, e o solavanco reabriu o ferimento de Raul. O sangue verteu pela faixa e ele urrou de dor. Imediatamente ela recuou, sabendo ter ido longe demais. Guion chegou com os medicamentos enquanto o homem ferido gritava, já sem controle:

— Eu vou embora! Agora! Vou me curar em um hospital e nunca mais vou te procurar, sua filha duma puta! Bem que precisou de mim quando vendeu sua alma para o capeta em troca da fama!

Natasha se mostrou forte como uma rocha. Guion tentou acalmar os ânimos. Ela disse:

— Como vai partir? O piloto está proibido de sobrevoar e nos buscar de helicóptero. A balsa está bloqueada devido à pandemia. Você vai a nado pelo oceano?

— Vou de canoa; foda-se! Tem coletes salva-vidas.

Guion então interveio:

— Você vai morrer se tentar isso, seu tolo!

— Vou levar a Kim. Você não vai ter essa criança. O dinheiro compra quase tudo, Naty, quase tudo! Eu vou embora! Preciso tratar minha mão.

— Pode me abandonar, mas a criança fica!

Guion ministrou o remédio, assegurou que os ânimos tinham se acalmado e foi atrás de Natasha; era quem realmente importava para ele. Ela estava sentada em frente ao vidro que dava vista para o mirante, local que mais a acalmava.

— Se algo não é para você, não insista. Embora o ser humano não seja monogâmico, é realmente um tabu esse negócio de relacionamento aberto. Você leva o peso de seu *alter ego*, uma mulher rebelde e libidinosa, mas não precisa ser isso na sua vida privada, caso não te faça bem. Já te disse que Raul é um vampiro psíquico, suga sua energia, sua vitalidade. Ele vive na sua aba e não te faz feliz — pegou na mão dela, ciente do poder sugestivo de seu toque. — Sua condição te faz temer o abandono; mas, às vezes, é melhor estar só do que mal acompanhada. Não se boicote! Você é única. Só tem que controlar sua misantropia, seu temperamento explosivo e sua depressão. Aceite suas fraquezas, mas não se deixe dominar por elas. E me diz uma coisa: que história é essa de vender a alma para o diabo?

– Guion, o que ele disse é verdade – fez uma pausa, se preparando para falar o que viria na sequência. – Eu vendi minha alma, fiz pacto com o diabo! – deu risada.

– Todo artista rebelde já fez isso – Guion sorriu.

– É verdade! Vendi minha alma em troca da fama, e surtiu efeito!

– Não é verdade. Magos, feiticeiros, possuídos e pessoas que vendem a alma são fracas, buscam uma solução mágica e imediata para seus problemas. Você sabe que o diabo não existe!

– Não diga isso. Pode ter consequências.

– Não seja tola! – Guion já tinha notado a consequência da fala dela. – Você não é do tipo que segue um guru ou frequenta algum culto. Nem você nem mesmo a educação de sua família te ensinou isso.

– Eu vou te contar como tudo aconteceu...

Capítulo VII
Pacto de sangue

Natasha usufruía de uma existência privilegiada, de alguém que fora educada nas melhores escolas, e sabia que narrativas sobre dias de penúria sempre são excitantes a essa classe. Qual o motivo para que musicais da Broadway, como os que interpretam "Os Miseráveis", de Victor Hugo, atraíssem verdadeiras multidões de burgueses entediados? Natasha era um deles e tinha vergonha de admitir isso em uma conversa informal. Ela sempre soube disso, só não tinha coragem de expor seu pensamento de forma tão descarada. Ela nunca pertencera à "crew", e o modo de vida "rocker" do restante da banda não coadunava com a criação superprotegida da cantora; talvez por isso ela estivesse naquele momento de leve embriaguez, tentando justificar um pouco do seu exotismo com algum tipo de esoterismo de boutique. Guion se curvava curioso para ouvir enquanto a interpelava:

– Eu não sabia que você era uma adepta de assuntos esotéricos – disse Guion, com um sorriso no rosto. Ele estava se divertindo com a situação, que considerava no mínimo uma aventura ingênua da cantora. – O que te levou a praticar cultos retrógrados da Idade Média? Desculpe meu ateísmo em relação a isso, mas eu não achava que você fosse adepta desses tipos de superstições.

– Não, nada de *sabbaths* ou algo do tipo – Natasha deu um sorriso forçado e nervoso. – Sabe que sou curiosa, Guion, e impulsiva acima de tudo. O Raul me apresentou a um mago de uma seita vampírica chamada "Armagedon", de uma linhagem de adoração a Caim e Lilith – verteu o vinho em uma golada, como se fosse para tomar coragem para contar algo velado há tempos. – Na época, Maxwell tinha acabado de formar a banda e ainda não estava engrenando. Qualquer força era válida. A ideia de me matar vagou por minha mente mais de uma vez. Não sou ateia, como você. Eu me vejo mais como uma agnóstica; vim de uma família não praticante de qualquer religião. E, afinal, o céu não foi feito para cantores de rock, escritores de terror, esse tipo de gente.

– Ah, Natasha... Você sabe que a noção de céu e inferno é uma criação muito difundida depois de Dante, não preciso lhe explicar sobre isso. Mas o bem e o mal, sim, esses existem. E os dois coabitam você, e todos nós. Mas me conte essa história de pacto – Guion entrelaçou os dedos, demonstrando um interesse ferrenho em ouvir a história; a luz local oscilou, faltou por um momento e voltou. – Trevas e luz... Vamos, conte sua história. Acho curioso, pois você em alguns shows elevava os braços ao alto feito uma cantora gospel e citava "aquele que porta a luz". Então, nunca se tratou de Deus, não é? – ele não se conteve antes de permitir que ela retomasse a fala.

– Não repita esse nome! – aparentemente nervosa, Natasha encheu a taça de vinho novamente. – Pactos nunca acabam bem. Como enganar uma criatura que está aqui desde os primórdios? Veja o caso de Harry Angel procurando Johnny Favorite: não acabou bem, não é?

– Adoro esse livro! *Coração satânico*, do William Hjortsberg. Mas prefiro o filme de Alan Parker, com o DeNiro e o Rourke em sua melhor forma. Só que é ficção, querida. Sabe disso, não é? Se vendeu sua alma em um momento de espontânea loucura, sempre pode se arrepender no último momento, não é?

– Para isso, teria de abdicar de minha riqueza e fama. Não é tão fácil assim.

– Por isso, a máxima: "é mais fácil um camelo passar no buraco de uma agulha que um rico entrar no reino dos céus".

– Eu me lembro de quando participei de um ritual, mas como foi exatamente se apagou de minha cabeça, entende? Lembro-me de que Raul me esperou do lado de fora da tenda, somente isso.

– Podemos resgatar essa memória por meio de hipnose. Quer tentar?

– Será que funciona após ter ingerido duas taças de vinho?

– Não é o ideal – Guion sentou-se ao lado dela. – Deite-se!

– Agora!

Logicamente, Guion não levava rituais de hipnose a sério; mas como se negar a praticar um teatro dessa envergadura com a arrogante Natasha? Tão sugestionável a moça estava, que o que dissesse não seria questionado. Pouca coisa é tão afrodisíaca na vida quanto exercer o poder sobre alguém que é um símbolo uterino para uma geração de adolescentes. Guion queria ver se podia domesticar fácil a geniosa cantora.

Ela se deitou. Ele tocou sua perna, sentou-se na beira do sofá, tirou um isqueiro do bolso. Acendeu-o.

– Concentre-se na chama. Deixe todo o periférico escurecer ao redor. Somente a luz e o calor... Adentre o centro da luz... Está se sentindo sonolenta... Seus olhos começam a pesar... O seu corpo está totalmente relaxado. Vou contar até cinco e, antes de finalizar a contagem, estará dormindo. Um... dois... três... quatro... cinco.

Natasha já estava dormindo, com os olhos cerrados.

– Conte-me Natasha, o que aconteceu na noite de seu pacto?

– Eu acabo de adentrar uma armação em forma de pirâmide. Me despi. O local é iluminado apenas por uma luz bruxuleante de algumas velas devidamente posicionadas.

– E como você está se sentindo?

– Estou tirando onda, rindo de tudo isso. Mas, agora que adentrei a pirâmide, uma seriedade pairou sobre mim. Não estava me importando com nenhuma deidade, só queria mesmo aguardar o final. Estava a fim de foder com uns estranhos, essas cerimônias sempre acabam nisso, ao menos é o que eu acho. Mas, de repente, isso perde a importância, pois algo maior me transcende.

– O que vê agora?

– Vejo, pela fresta da tenda, uma coruja em uma árvore. Eu também a tinha visto antes de adentrar a tenda. Ela olhava para mim, achei estranho. Apesar de estar despida, não tenho frio, me sinto reconfortada. Três pessoas estão de túnica, dois de preto, um de vermelho, com a face coberta. Estão untando minha orelha, meus pés, meu pescoço, meus ombros, minhas axilas. Dizem que são fórmulas... unguento de extrato de ópio, betai, zinco em rama, beladona, belinho negro, cânhamo, cicuta e cantárida... O magista está citando os ingredientes enquanto massageia o meu corpo; me sinto extasiada! O unguento é líquido e viscoso.

— Esse unguento é friccionado na pele?

— Sim, tem efeitos narcotizantes, já sinto adentrar minha corrente sanguínea. *Datura Stramonium...* Me ponho a dançar freneticamente, rodopio, rodopio...

Faz-se um silêncio, depois ela continua seu relato:

— Essa euforia está mesclada com uma onda de depressão. Agora, tenho a ideia de perseguição; me sinto aprisionada e tenho visões terrificantes. Uma negra melancolia se apodera de mim.

— O que está sentindo agora, Natasha?

Natasha, em hipnose, elevou os braços ao alto e lágrimas verteram de seus olhos.

— Estou flutuando, levitando no ar.

— Foi nesse dia que surgiu seu nome artístico "Pandora"?

— Não.

— Como surgiu Pandora?

— Uma amiga de infância.

— Ela realmente existiu?

— Meus pais achavam que ela era imaginária.

— Eu posso falar com Pandora agora?

— Eu só permito que ela se manifeste nos shows.

— Somente por um momento.

O silêncio tomou conta por uns instantes. Guion pensou ver uma modificação na face dela. Ele ficou extasiado; poderia enfim se aproveitar do cordão umbilical que anexou à mente de Natasha. O que mais o surpreendeu foi a facilidade de ter atingido o inconsciente da moça ou mostrado a si mesmo que ele tinha possibilidades maiores na vida do que ser apenas uma nota de rodapé na história da Medicina. Talvez ela se tornasse o seu passaporte para o reconhecimento científico.

– Estou falando com Pandora agora?
– Sim.
– Você esteve presente no pacto?
– Oh, sim!
– De onde você surgiu, Pandora? Pelo que sabemos, não passa de uma mitologia grega. Você quer abrir a caixa de Pandora e trazer todo mal e sortilégio ao mundo?
– Apenas sobra a esperança.
– Você gosta de Natasha?
– Ela é fraca! Tem que me deixar emergir. Todo o talento é meu, tudo o que vê naquele palco.
– E se eu te disser que Pandora e Natasha são uma só pessoa?
– Você mente! – Pandora se exaltou. – Você é desrespeitoso com as entidades; você vai pagar caro por isso, seu porco!
– Você está induzindo Natasha a consumir alimentos crus?
– Não sou eu – deu um riso baixo.
– Então quem é?
– A doença. A mesma que te acomete.
– Eu não estou doente.
– Está, sim.
– Preciso que você suma e deixe Natasha seguir a vida dela! – ele falava um pouco mais exaltado, como se não estivesse mais apreciando a brincadeira.
– Se eu sumir, a carreira dela vai ruir.
– O que pode me dizer sobre o pacto?
– Somos o que somos graças a essa entidade. Ela nos trouxe fama, sucesso, dinheiro e prazer.
– E como isso ocorreu?
– Foi Natasha, não eu. Não me culpe, doutor. Devo dar esse crédito a ela.

– Não creio nessas entidades. E, se tivesse alguma crença, diria que todas são uma só, travestidas de forma a conseguirem conquistar as pessoas. No fim, é tudo uma só coisa.

– Você é mais inteligente que isso Guion. Com seu pós-doutorado, era de se esperar algo mais elaborado vindo de suas palavras.

– Mas qual entidade é?

– Agora há pouco, você silenciosamente escarnecia de minha anfitriã e de forma pouco honrosa desmerecia as experiências místicas dela. Talvez não tenha percebido, mas de mim esses contornos de linguagem e silogismos não escondem suas intenções.

– Lilith?

Pandora entrou em um êxtase, formando um arco, tocando o sofá com o seu vértice; sua voz ficou alterada. Guion teve a impressão de ouvir alaridos e estertores vindos de algum lugar distante. Parecia ser do lado de fora, do abismo negro.

– Cinco velas pretas, pentagrama inverso com sigilo de Lilith, uma vela vermelha, taça de vinho, incenso... A carta do pacto foi lida e queimada. Bebemos desse vinho e recitamos...

Consternado, Guion não se sentiu mais confortável para dar prosseguimento àquela consulta informal. De forma ríspida, desferiu as palavras:

– OK, Natasha, é hora de acordar, no cinco.

– Ó, rainha obscena, em alucinações de tua erótica natureza, seus olhos rubros em sangue nos conduzem...

– Cinco... quatro...

– Receba meu fluido sexual na carta... Ó, rainha do inferno, receba-me como tua filha!

– Três... dois...

– Em seu ventre de sangue, ó, grande serpente lasciva, meu dedo eu furo... três gotas do meu sangue.

– Um... Acorde, Natasha! Agora!

Os olhos de Natasha se abriram, esbugalhados. Ainda em sonho, ela cravou as garras em Guion:

– A freira! Ela está conectada a mim! O espelho! O espelho! Estamos condenados, Guion!

Guion sacudiu Natasha, sendo obrigado a dar-lhe tapas de leve na face para acordá-la. Depois, a abraçou e se desculpou:

– Desculpe, querida! Eu não sabia que teria uma reação tão brutal!

Soluçante, ela acariciou a cabeça de seu médico.

– Eu preciso aceitar meu destino. Eu tenho um preço a pagar!

– Deite-se, querida! Descanse! Não tema! Foi só uma aventura mística. Chegou onde está devido ao seu sucesso. A sua voz é única, você não deve nada, não tem de pagar nada! Somos mortais e passageiros, nem mesmo alma nós temos. Essa é a fonte dos seus conflitos. Tem de banir Pandora, você entende? De que espelho está falando? Aquele da sala da porta de ferro? O que postou a foto no Instagram? Que freira é essa? Está se autoinduzindo. Sabe que os efeitos que teve no pacto não têm nada de sobrenatural, usou drogas que você mesma citou. Não é à toa que surgiram relatos de bruxas levadas pela mão do diabo ou voando em vassouras. Eram descrições feitas por fanáticos. Se o espelho do porão está te fazendo mal, vamos dar um fim nele.

– Não podemos, ele é indestrutível!

– Nada nesse mundo é indestrutível!

Nesse momento, Guion sentiu seus ombros esmorecerem; preferiria ter mantido a imagem sóbria e decidida de Natasha em seu inconsciente, como um ídolo com leves excentricidades. Agora, ela declarava sua franca decadência mental, que ameaçava se alastrar até o ponto de infectar sua carreira e sua lucidez. Se tal persona – Pandora – fora a responsável por sua ascensão, deveria ele ter o direito de extirpá-la da mente da moça? Ou deixaria que ela se consumisse nas suas ilusões de grandeza e se tornasse uma mera lembrança − no que seu nome seria citado nos anais da Psiquiatria como o profissional que se deixou subjugar pela vaidade de ter uma cliente famosa, tornando-se um pária entre os seus?

Segunda parte:

PADRES, FREIRAS E O DIABO

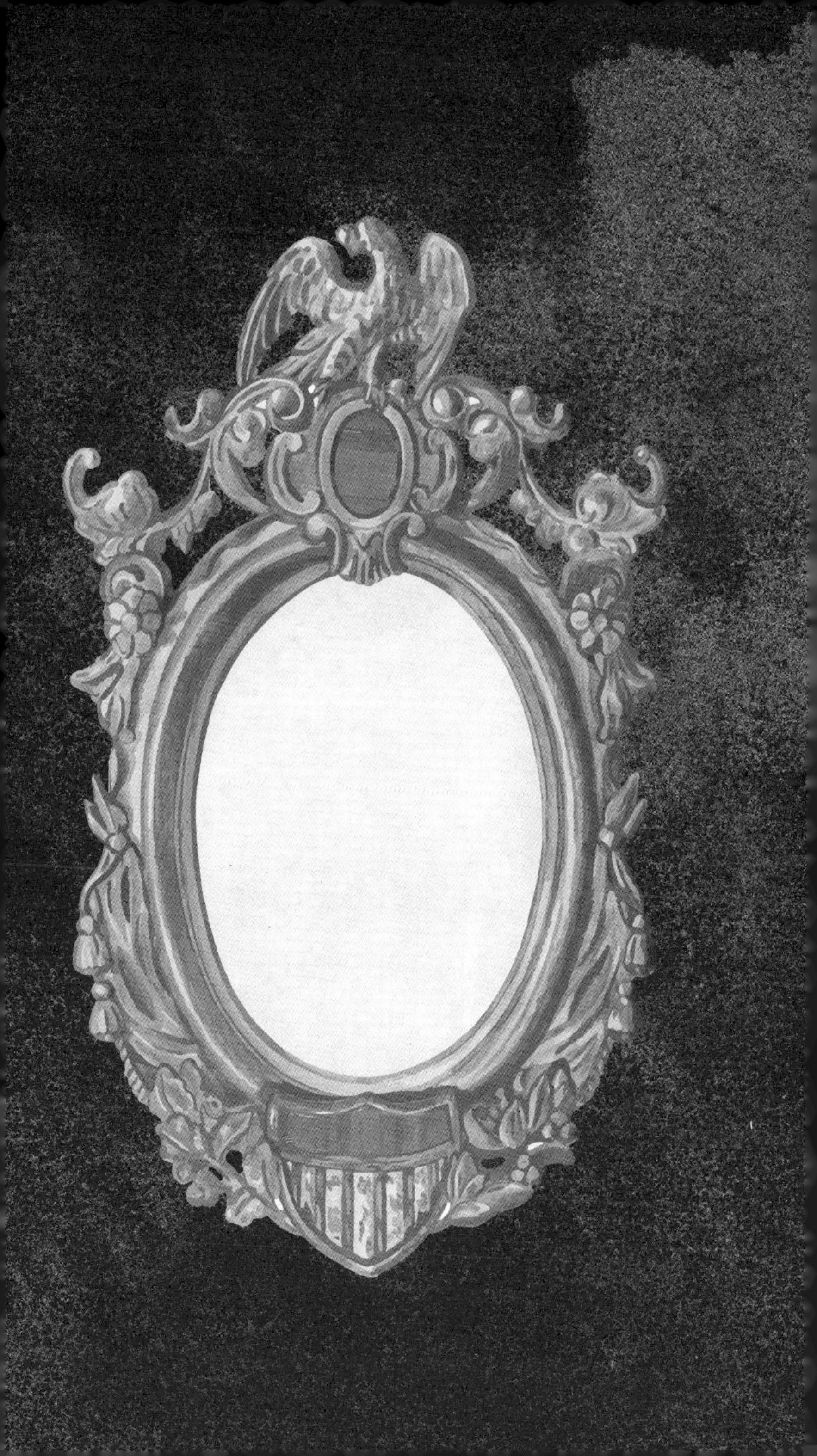

Capítulo VIII
O padre dos artistas

A melhor descrição para Bruno de Lira seria associá-lo ao personagem Narciso, assim como na mitologia grega: o homem que tinha como principal atributo a beleza e cuja vaidade era o seu norte. O padre Bruno era um metrossexual de tamanha altivez que despertava o desejo de homens e principalmente mulheres, insensível por aqueles que o desprezam devido ao seu individualismo e ego inflado. Sempre foi assim; no seu modo de falar, já desbancava aqueles que o desafiassem a um debate, sempre olhando a pessoa de cima para baixo, tendo uma habilidade quase inconsciente em diminuir as ações das pessoas e elevar suas próprias qualidades. De tão convincente, as pessoas realmente o seguiam e achavam que ele era tudo aquilo que achava ser. Encantava a todos com sua retórica cheia de clichês, aos ouvidos de uma audiência pouco acostumada com mesóclises e frases compostas sem erros de concordância. Os que não permitiam ser iludidos por tais imposturas eram alvo de sua ira desqualificada e, nesse momento, sua linguagem se tornava mais coloquial, chocando os incautos. Mesmo esse deslize, que seria tido como uma falha de caráter, era remediado por uma aparência que obliterava todo e qualquer modo que pudesse soar grosseiro em seu vocabulário.

O uso recente de uma vultosa barba deixava hipotéticas admiradoras confusas: seria um subterfúgio para dissimular seu poder de sedução natural ou apenas aderir a um simples modismo do novo milênio? Não importava; qualquer uma dessas conjecturas não caíam bem à sua profissão, que muitos chamam de vocação: ser "padre". Muitos se enganam, achando que tais qualificações e vaidades recaem sobre os sacerdotes modernos. Bruno possuía uma covardia que o impedia de atravessar tais umbrais, amparado num senso de imediatismo. Tudo que podia conceber estava entranhado nos seus valores pífios; possuía um conservadorismo de fachada e uma vaidade norteada com fins midiáticos.

Se algo se sobressaía de virtuoso em sua pessoa, era a vontade férrea de tentar demonstrar que sua biografia medíocre tenha algum valor. Para isso, usara como canal uma editora local com grande alcance nas bases das arquidioceses, fazendo seus livros medíocres atingirem um número excessivo de leitores com pouco teor crítico.

Sua genética lhe permitia, mesmo sem exercícios, ter o porte físico avantajado, braços fortes e tórax musculoso, o que incutia a ideia de um bom procriador para as mulheres. Sabemos que isso é inconsciente, sempre finda na busca pela procriação. Ele tinha um queixo quadrado e rosto alongado que o faziam parecer um "Superman", digno de um Christopher

Reeve, mas de barba. Ele gostava do seu nome: Bruno. Achava que combinava com ele, um homem charmoso, mas odiava a cacofonia de seu sobrenome, que lhe rendera muita chacota na época escolar: as crianças meneavam a cabeça como se fossem delirantes, caçoando. Mas, claro, isso já era passado.

Padre Bruno de Lira, além de cantor, era uma celebridade. Já tinha lançado três álbuns com músicas religiosas, estava sempre na mídia, nos programas de televisão. Batia papo com os apresentadores e não se parecia em nada com um sacerdote. Defendia-se, dizendo que os padres fazem parte do mundo, que já foi o tempo de usar batina. Na maior parte do tempo, ele trajava blazer, sapatos italianos e camisa social. As mulheres suspiravam por ele, e o assédio era real. Bruno, sempre falando como um galanteador mexicano nos programas de televisão, se gabava das inúmeras mulheres que o paqueravam, mas sempre frisando que não dava abertura para elas: ele já tinha uma noiva, que era a igreja. Mas tinha um cuidado imenso com a imagem: gostava de postar fotos olhando para o horizonte, muito bem trajado, posando como se fosse um modelo, olhando o crepúsculo com um belo Ray-Ban no rosto. Gostava de usar calça apertada para delinear o volume de seu membro, principalmente nos shows. Era o sabor do pecado; sabia que muitas não hesitariam em se tornar uma mula-sem--cabeça em troca de uma noite de carícias com ele.

Na verdade, as senhoras carolas poderiam lhe prover uma base sustentável por algum tempo; no entanto, formavam um público que não engrandecia sua obra. Pessoas convencionais, sem nenhum senso crítico e facilmente influenciáveis, não são um bom parâmetro para se avaliar uma figura pública do seu calibre. Estava cansado de fazer um programa diário de leitura do terço e abençoar água no final; precisava de instrumentos mais adequados para angariar um público jovem, sedento de banalidades e que mentalmente não fosse tão diferente das frequentadoras de congregações. As formas de atingir tais massas eram ilimitadas: vídeos em plataformas digitais, que poderiam se desdobrar em variedades a cada ano, introdução do mundo da música e, claro, o destaque em programas matutinos em canais abertos de tevê que ainda lhe serviam como base.

Em certos momentos, Bruno se surpreendia por ter adquirido a alcunha de "formador de opinião" dentro de seu meio. Tendo pouca concorrência no clero, se destoava em meio a uma maioria retrógrada e tinha a seu favor a voracidade do mundo moderno em absorver conteúdo que lhe favorecesse. Não importava a mensagem, ela teria de ser difundida repetidas vezes numa sequência infinita de meses e nunca deixar o vazio ou a dúvida adentrar os corações do público cativo. E, à medida que as coisas davam certo, foi acreditando em seu próprio mito e na possibilidade de ser mesmo um iluminado, guiado pelas mãos de um Deus em que nunca acreditara piamente. Relembrando fatos do passado, isso ficava mais claro quando a pergunta primordial lhe vinha à mente: por que foi para o seminário?

O universo até então pouco explorado dos sacerdotes pop estava se abrindo diante dele sem carregar o peso do tradicionalismo e ostentando uma bandeira mais adequada ao nosso cotidiano. O jovem padre parece ter sido moldado para esse influente novo papel. Se o culto à vaidade parecia ter sido um dos empecilhos em tempos remotos, a explanação do cristianismo encontrava agora um reduto perfeito para tal manifestação.

Não era propriamente uma novidade, já que o catolicismo, mesmo com alguns tropeços, sempre se moldou à época e aos lugares onde se fixava, aderindo costumes e comportamentos até então renegados. O sincretismo religioso é uma realidade, e a secularização de hábitos é outra. Se a igreja já foi um dia contra as leis da gravidade e o uso de para-raios, hoje não vê problema em manter páginas em redes sociais e perfis mais descontraídos, embora se mantenha fiel a seus credos e dogmas.

É bem verdade que sempre existiu uma ala resistente a tais mudanças, bem como a normatização de costumes. Bruno estava ciente de tudo isso e, em curto prazo, tinha uma estratégia para unir as duas vertentes sem parecer um imediatista progressista ou um retrógrado conservador.

Um fator que o ajudou foi partir para bem longe de sua família, fazendo questão de que o escalassem para uma paróquia bem distante do Tocantins. E assim ocorreu: foi parar em uma paróquia do Rio de Janeiro, mas nem precisava ser padre para isso. E até nessa paróquia já teve alguns deslizes com paroquianas carolas e mesmo com algumas irmãs do convento; mas, com o passar do tempo, as suas furtivas aventuras sexuais foram se tornando mais escassas, quase inexistentes. Afinal, tinha mais prazer em desprezá-las do que em tomá-las para si. E, definitivamente, no confessionário, odiava as beatas mais velhas, fugia delas como o diabo foge da cruz. Não podia nem mesmo fazer essa analogia, já que não acreditava no inimigo e sentia-se cada vez mais distante de Deus, feito uma folha seca; mas nunca deixava isso transparecer. "O que pode acontecer se um dia esse verniz derreter e a verdade vir à tona?", pensava consigo mesmo.

Nasceu em agosto e era um leonino típico, um fogo incandescente nas questões que lhe interessavam. Era malvisto por parte da cúpula da igreja, pois alguns padres tradicionalistas não viam nele nenhum sinal de santidade. Mas, se estava trazendo novos fiéis, ainda mais em tempos de crise para a igreja, quando os seguidores diminuíam mais e mais a cada dia, compensava fazer vista grossa para as suas excentricidades. Afinal, na televisão já tinha padre roqueiro, padre vaqueiro, entre tantos outros... Assim, Bruno passou a ser considerado o "padre dos artistas": todas as celebridades que se casavam o chamavam para celebrar a missa do casório. E tudo sempre era televisionado em programas de fofocas.

Ele tinha um plano: usaria a popularidade de uma pessoa considerada santa, mesmo que ainda estivesse viva no solo brasileiro, que já fosse bendita pelos populares. Essa pessoa seria uma ponte para que ele chegasse aos seus objetivos, até agora um tanto difusos. As figuras de Nossa Senhora Aparecida ou Frei Damião tinham seus representantes há anos incrustados em suas bases, e ser um genérico devoto de São Francisco de Assis ou Santa Clara não o faria se destacar da forma que gostaria. Mas, dentre todas as possibilidades, apegar-se ao ramo episcopal conhecido como Teologia da Libertação era a que menos o atraia. Detestava política e se mantinha isento de debates a respeito de esquerda ou direita; não criava vínculos com instituições religiosas e sequer interagia com invasões de terras – essa era uma de suas certezas. Talvez por representar certa superficialidade nos sermões, ele tivesse sido propositadamente esquecido por esses ramos mais socialistas da igreja católica.

A luta de classes e as metas mais elevadas não o entusiasmavam; se tornar uma espécie de bispo Desmond Tutu, que combateu o *apartheid* na África do Sul, jamais passou em seus pensamentos. Criatura obtusa e cativante somente para os pueris, Bruno carecia da capacidade de manter um diálogo mais amplo, e essa era a visão de alas da própria igreja. A perda de fiéis para setores neopentecostais, contudo, o tornava essencial para a instituição, e isso a fazia engolir a seco suas reticências com relação a ele. Por fim, a própria igreja acabaria gerando uma inusitada união de gerações com seu apego às tradições. Era necessário um arauto para atuar em uma de suas últimas representações da chamada fé homogênea pura. Esse arauto se chamava irmã Lúcia.

Longe da mídia há anos, muitos milagres eram atribuídos a irmã Lúcia, e a proliferação desses feitos havia se tornado um baluarte da instituição em nossas terras; mas, infelizmente, não estava resistindo ao sopro do Modernismo. As imagens analógicas da santa mulher pareciam já não cativar uma audiência ávida por cores decodificadas em milhares de *bytes* e alta resolução. Seu gestual contido e sereno nunca fora posto à prova nesses novos tempos, e mesmo os mais ortodoxos temiam que uma magia se quebrasse, exibindo irmã Lúcia como seu último tesouro original. As manifestações populares não são um termômetro para se medir a relevância de um personagem, ainda mais em tempos tão frívolos.

Tudo mudou no dia daquela missa campal. Havia um público de quase três mil pessoas naquele rincão de nosso senhor. Padre Bruno já tinha engatado sua décima canção quando um dos fiéis, alucinado, avançou sobre a multidão. Era um homem na casa de seus 50 anos; relatos posteriores afirmaram que ele já estava passando mal há alguns dias. Ele fazia parte do grupo de apoio da igreja que permanecia na sede do evento e ajudava a armar e desarmar tendas e cuidar de outros assuntos aleatórios. O homem já vinha demonstrando amnésia, tosse profunda, desorientação e febre alta. Foi algumas vezes ao hospital e retornou. Mas, naquele dia, ele piorou de vez: passou pelo que chamam de *"snap"*, um estalo; o ponto eclipsado do doente, no auge da febre.

Suas mãos ficaram rígidas, com formato de garras. Ele parecia um lobo feroz: seus urros vinham diretamente de suas cordas vocais; espumava pela boca e tinha os olhos injetados de sangue. Seu rosto parecia metamorfoseado em algo não humano e encontrou em uma senhora com a *Bíblia* na mão sua primeira vítima fatal. O doente avançou no pescoço dela, assim como os animais em uma floresta, e em uma só mordida arrancou um naco de carne. A mulher caiu ao chão sem entender o que estava acontecendo, esguichando sangue rapidamente de sua artéria carótida. Pessoas ao redor acharam se tratar de uma possessão demoníaca devido aos urros infernais e à violência exacerbada. A grande maioria não viu nada, mas todos correram em um efeito manada de pessoas se atropelando, caindo por cima de cadeiras de plástico, em uma gritaria insana que assolou todo o ambiente. Após a quarta vítima, os guardas do evento conseguiram cercá-lo e, como não houve obediência à ordem, o pretenso possesso avançou, tomou três tiros e morreu ali mesmo, em meio ao rincão abençoado.

Na época, já havia rumores sobre a doença, mas ninguém conhecia pessoas próximas infectadas. Parecia ser uma mera fábula. E, embora já tivesse sido levantada a suspeita de que fosse a febre de Ísis, a presença do vírus ísis-43 foi confirmada apenas com o resultado da autópsia, quase um mês depois. Então vieram a quarentena, o uso de máscaras, o distanciamento social, a quebra da economia, a fome e o *lockdown*.

Os padres mais notáveis e de maior reputação foram enviados para o antigo Convento das Carmelitas do Rio de Janeiro – até então um centro episcopal, com uma parte do prédio reservada às aulas para os seminaristas. Que lugar seria melhor que a Gávea, com seu clima mais ameno, próximo à Lagoa Rodrigo de Freitas? Uma área bastante residencial, com seus casarões e sobrados, considerada estratégico na região do Rio de Janeiro, área arborizada, com muita tranquilidade e verde.

O prédio era grandioso, com diversas alas e torres; o teto abobadado da região central se perdia de vista de tão alto e tudo era decorado com tijolo à vista. Havia uma grande capela para adoração ao santíssimo, uma boa área para caminhadas e funcionários para servir aos clérigos em suas necessidades diárias. Todo aquele luxo, no entanto, não estava sendo coberto de forma integral pela igreja; a proibição das missas e a consequente eliminação do dízimo foram um grande baque. Roma ajudava a prover algo, e havia alguns apoios e patrocínios de empresários e fiéis.

Quando souberam que Bruno de Lira viria passar a temporada pandêmica no local, criou-se um alvoroço. Ele chegou e foi recepcionado por uma fila de freiras tietes; as mais jovens tinham olhos brilhantes e apaixonados. O monsenhor Leo veio ao seu encontro e conduziu o padre-celebridade pelos corredores silenciosos.

A conversa, mesmo discreta, ecoava com facilidade. Bruno sentia calafrios, embora o clima estivesse agradável; seria isso um mau presságio? O monsenhor não parava de falar sobre os últimos acontecimentos e, com muita simpatia e um sorriso no rosto, apontou para um cão vira-lata branco, que apareceu às portas do convento e foi acolhido pelos irmãos.

– Sabe que nome dei a ele?

– Não faço ideia, monsenhor.

– Quarentena – o monsenhor tirou os óculos de aro grosso, que haviam se embaçado com seu riso afetado sob a máscara. – Bem apropriado para o momento.

– Sem dúvidas – Bruno respondeu, com menos entusiasmo.

De forma desinteressada, ele dava seus passos em direção à unificação da modernidade com a tradição, sem alarde para não despertar suspeitas, vendo o risco que essa pandemia poderia causar à própria instituição. A alta cúpula dos bispos deveria não somente agradecer a sua existência, como auxiliá-lo no seu plano de reinventar irmã Lúcia.

– Monsenhor, uma curiosidade. Soube que irmã Lúcia estava muito doente e sendo tratada aqui, isso procede?

O monsenhor fechou a cara de imediato; não que a pergunta o ofendesse, mas o fazia se lembrar de algo pesado.

– Sim, está em estado terminal. Fechada a sete chaves.

– Posso vê-la?

– Não creio que seja uma boa ideia. Mas, se faz questão, primeiro preciso que converse com os especialistas que a estão tratando.

– Eu gostaria, sim.

Capítulo IX
Explicações preparatórias

Na sala de reuniões, estavam sentados o padre Bruno e o monsenhor Leo, e, no sofá em frente, um psiquiatra metido a escritor de literatura científica que, no futuro, se afastaria dos religiosos para seguir uma vertente mais esotérica e, devido à sua fortuna, se tornaria o dono de uma grande editora. Ele se chamava Otávio Abdalla e ali havia também um médico já idoso chamado Alexandre Ferri. Monsenhor Leo, para quebrar o gelo e como anfitrião que era, iniciou a conversa.

– Como sabem, o padre Bruno vai passar um tempo conosco enquanto essa pandemia nos assola. Hoje, ele me questionou sobre a irmã Lúcia e, embora exista um pacto de segredo entre nós, distintos senhores, resolvi abri-lo a esse renomado servo de Deus, já que ele tem interesse em fazer uma visita à irmã. Achei prudente prepará-lo.

O dr. Alexandre estava com o semblante fechado e resolveu falar:

— Acho uma decisão equivocada. Me desculpe, padre Bruno, mas a sua presença não trará nada de novo. Entenda que a situação da paciente é grave e é desnecessário tirá-la da sua zona de conforto.

Otávio Abdalla inclinou-se no sofá e, entrelaçando os dedos, afirmou:

— Me desculpe contrariá-lo, dr. Ferri; mas, como psiquiatra, não vejo nenhum problema, já que a irmã está praticamente em estado vegetativo no presente momento.

— Bem — respondeu monsenhor Leo, de forma apaziguadora. — Vou pedir ao padre Bruno total discrição — voltou-se a ele. — Se conhece a fundo a história da irmã, sabe que a vida dela foi trágica. Uma bruxa, chamada Nina Maria Monteiro Adágio, que era uma desafeta do pai da irmã Lúcia, sequestrou Lúcia quando ela ainda era apenas um bebê, desaparecendo com a menina. O pai de Lúcia, um homem chamado Ricardo, cego pelo ódio, alvejou a sequestradora enquanto buscava resgatar a filha. A bruxa morreu em cima de um espelho, e dizem que rogou uma maldição contra ele e toda a sua descendência antes de morrer. O homem foi preso pela morte dela e, em uma "saidinha" de feriado, enlouqueceu: matou a própria mulher e foi encontrado em delírios na casa de uma curandeira, que morreu na mesma noite ao tentar, através de magia, encontrar o paradeiro da pequena Lúcia. Ricardo ficou louco e morreu em um hospício sem saber do paradeiro da filha, que ele acreditava ter sido ofertada em um ritual. O filho primogênito de Ricardo e irmão mais velho de Lúcia se chamava Michael. O menino cresceu e, já adulto, partiu para a África em missões voluntárias pela paz mundial. Devido ao seu passado, que queria esquecer, criou um pseudônimo para fugir das especulações da mídia e passou a se chamar Urbano.

– Teria se inspirado em Urbano Grandier, de Loudun? – perguntou Bruno, fingindo se interessar por Antropologia.

– Essa pergunta somente ele poderia responder. Pois bem, o espelho onde Nina morreu foi considerado obviamente um artefato maligno, que traria maus agouros a quem se aproximasse dele; e realmente houve alguns casos estranhos. Por fim, a menina Lúcia estava viva e vivendo junto à mãe de Nina, que entregou a menina a uma pessoa chamada Angel. Sem saber o que fazer, Angel a entregou ao lar das Carmelitas, de São Paulo. A menina cresceu sob os cuidados daquelas irmãs sem saber sobre sua origem até o dia em que Urbano bateu à porta do convento procurando por ela.

Bruno ouvia tudo, de modo que parecesse interessado e preocupado com o futuro da irmã Lúcia. Internamente, ele se chocava ao perceber que tais anedotas eram tão levadas a sério por pessoas que teoricamente pareciam respeitáveis. A convivência em mosteiros devia afetar algum lado da racionalidade, ou não estaria ouvindo tais absurdos da boca do monsenhor. Ainda assim, arfando o ar e espremendo os lábios, disse:

– Nossa, que história!

– Grande parte do que está ouvindo foi omitido do grande público. Tem muito mais. Aos 17 anos, antes da chegada de Urbano, Lúcia começou a manifestar sinais de possessão diabólica.

– Exatamente! – interveio Abdalla. – Na idade da puberdade, quando esses fenômenos são mais recorrentes.

– E quando Urbano a reencontrou na vida adulta, pela primeira vez – complementou o monsenhor –, ela estava tendo um desses ataques de possessão. O irmão, com um conhecimento mambembe em parapsicologia e demonologia, achou que poderia expurgar o demônio dela. Segundo relatos, em uma sessão beirando o ridículo, com pouca dificuldade ele descobriu o nome do demônio – Asmodeus – e a exorcizou mesmo não sendo um padre: sem fazer o ritual romano, sem a estola roxa e, pelo que dizem, com pouca fé. Então, tudo indicava que não era uma libertação. Sabemos que possessões levam anos, em alguns casos, e nem sempre acabam bem.

Abdalla novamente interveio:

– O que vem na sequência é a ascensão meteórica da irmã Lúcia. Notícias sobre sua piedade correram o mundo. Ela tinha uma grande influência, fez uma visita ao papa, ao presidente da República, era requisitada por governantes. Durante duas décadas, foi uma serva promissora: fundou a Ilha das Freiras em Ilhabela, ganhou o prêmio Nobel da Paz, ficou entre as cem mulheres mais importantes do mundo na lista da revista *Forbes* americana, atraiu multidões com a sua presença. Ela é considerada uma santa por muitos, como bem sabe. Mas, então, chegou à meia-idade e sua saúde degringolou de forma drástica...

– E quanto a Urbano?

– Os irmãos perderam contato há décadas, e não sabemos do paradeiro dele. Algo natural, afinal ela era casada com a igreja, uma serva de Deus, muito atarefada. Estava sempre em visita a outros países e continentes, e os dois não tiveram laços afetivos na infância. O amor que ela sentia por ele era o amor fraternal que expandia a todo o povo brasileiro. Mas, sobre Urbano, soube apenas que estava em um processo depressivo. Seria interessante se o reencontrássemos, pois isso poderia ser benéfico para ela. O fato é que o divisor de águas foi um terrível acontecimento na casa das irmãs em Ilhabela.

— O que aconteceu lá? — perguntou Bruno a Abdalla, já um tanto intrigado.

— Tudo começou com alguns *"plots"* ouvidos pela irmã Lúcia. Ela foi perdendo a lucidez de forma gradativa. Começou a dizer que por toda a vida esteve sob o domínio da bruxa Nina; e, quando ela repeliu o encosto, buscando a graça do Criador, os ataques mais intensos se iniciaram. Ela se trancava diariamente em uma sala especial, fechada com uma porta de ferro, buscando jejum e oração, onde ninguém tinha autorização para entrar. Ela dizia que tinha um espelho amaldiçoado, guardado a sete chaves nesse cômodo; e, caso alguém entrasse, seria possuído. Quando o complexo foi desativado, percebemos que esse espelho nunca esteve lá. Ela se referia ao artefato amaldiçoado de Nina. Dizia que ele tinha sido levado por ela própria sob influência satânica.

Padre Bruno se serviu de um café preto disponível na mesa de centro. Era muita informação negativa para absorver em pouco tempo. Já estava naturalmente duvidando da sanidade de seus interlocutores; queria somente um encontro com Lúcia e usá-la como plataforma para seus fins, mas estava sendo encapsulado numa história macabra quase sem testemunhas, pouco divulgada, cheia de teorias de conspiração, e carregada de superstições infantis. Estariam esses indivíduos tentando desestimulá-lo a encontrar-se com a religiosa e usando o subterfúgio mais inverossímil possível? Ele se perguntou. Talvez, a única coisa consistente ali naquele ambiente doentio fosse participar daquela reunião, solidificando em Bruno a percepção de que a loucura pautada em racionalismo era a estrutura básica do cristianismo; e, em momentos de aflição, como aquele, ela brota sem qualquer vergonha. Aqueles homens eram tão tecnicamente estudados, mas muitas vezes incapazes de compreender fenômenos biológicos como aquele que ocorria em todo o mundo. Seria uma catarse o que presenciava ali? Velhos com uma vida casta, exorcizando memórias recriadas para dar sentido a uma vida sem paixões? Suas reflexões foram cortadas pela voz anasalada e incômoda do monsenhor Leo, advertindo-o:

– Se sente desconfortável? Saiba que isso não é nada ante o que vai sentir na presença da irmã no quarto. Se quiser desistir dessa visita, está em tempo.

– Não, apenas quero me aquecer.

– O universo dos exorcistas, o meu universo, é bem diferente de suas belas canções – disse o monsenhor com um certo desprezo velado. – Bem, o que se seguiu foram alaridos e gritos estrondosos, e tempestades que se formavam do nada. Havia uma histeria coletiva, feito a das freiras Ursulinas de Loudun.

– Então a irmã Lúcia seria o equivalente a Madre Joana dos Santos?

– Certamente.

Alexandre Ferri se manifestou:

– Em Loudun, havia um tipo de centeio usado para amassar o pão que pode ter sido o fator alucinógeno, como opina o autor Aldous Huxley. No caso das irmãs de Ilhabela, não encontramos nenhum tóxico na autópsia dos corpos.

– Autópsia?!

– Chegaremos lá – disse o monsenhor. – A histeria veio seguida de possessão coletiva. Algumas freiras da ilha relatavam estar possuídas por até dez demônios. Viviam entre gritos e uivos estridentes, corriam de forma desenfreada, tinham convulsões, ataques de epilepsia, faziam acrobacias, se mantinham em posições obscenas de sugestão sexual, e algumas imergiam em sono profundo após o ataque histérico. Foi ficando cada vez pior.

– Bem, a história se repete – disse Abdalla. – Assim como em Loudun, também houve casos como esse entre as freiras de Louviers junto à igreja de Notre Dame: dezoito freiras possessas, sob influência da irmã Madeleine. O mesmo ocorreu em Marselha, no convento de Provence; e um século após Loudun, no Cemitério de São Medardo, ao redor do túmulo do diácono jansenista François: dois mil convulsionados, e tudo começou com a histeria de Pivert. Pessoas se flagelavam como as chagas de Cristo para expulsar os demônios.

– A maioria eram mulheres adolescentes ou após a menopausa, como no caso de Lúcia – disse Abdalla. – É como um círculo vicioso. Geralmente, os possuídos eram pessoas com hábitos de jejum e de se mortificar. Isso as torna mais débeis e, por essa razão, mais sugestionáveis.

– Não conheço a fundo essas histórias – sorriu nervosamente o padre Bruno. – Confesso não ter sido um bom aluno de Demonologia no seminário, mas sei o básico – agora, o desdém foi retribuído pelo jovem padre. – Lembro que me chamou atenção, na época dos estudos, o caso da Bruxa de La Voisin. E tenho alguma noção parapsicológica, então não é grego o que dizem. Fiz alguns estudos de Parapsicologia, não fui muito além disso. Mas que sintomas de possessão as freiras da ilha, que é o que importa, manifestaram?

– Percepção extrassensorial – disse Abdalla. – Adivinhação a distância, o chamado PES, adivinhação do futuro, sugestão telepática. Entenda, Bruno, tudo o que podemos explicar pela ciência não deve ser visto pelo olhar sobrenatural.

– Elas falavam línguas desconhecidas? – perguntou o padre cantor.

– Xenoglossia? Sim, falavam. Especificamente, latim e francês – disse o monsenhor. – Mas a irmã teve acesso ao latim no convento; e, quanto ao francês, eu domino a língua.

– Ela absorveu esse conhecimento por telepatia – disse Abdalla. – O chamado possuído percebe o pensamento do consulente; por esse motivo, há alguns testes de perguntas feitas em línguas desconhecidas do consulente por uma terceira pessoa e, depois, as respostas do doente são confrontadas. Mesmo nesses casos não é infalível; pode ser captado o pensamento daquele que criou as perguntas mesmo a distância.

– Bem, podemos ficar aqui falando por uma noite inteira. Então, é hora de conhecer pessoalmente a irmã – disse o monsenhor.

Monsenhor Leo abriu os portões do purgatório com um ar meio teatral; caminharam pelo bolorento corredor, de onde Bruno concluiu que, se esse era o maior dos gestos de benevolência que a alta cúpula do clero era capaz de dar à sua maior representante naquele século, era hora de pensar em abandonar a batina. Tratava-se de um ambiente insalubre para se manter uma senhora e que seria inadequado até mesmo a um prisioneiro. Para quem achasse que a Idade Média tinha abandonado o seio da igreja, bastava dar uma olhada nesse local. Mesmo a luz elétrica de tonalidade âmbar, que preenchia o corredor, parecia ser mais fraca que a luz de velas – talvez pelo fato de os frequentadores daquele local não precisarem usar a visão para leituras ou prazeres terrenos. Tratava-se de uma masmorra. O chão estava limpo e varrido, era verdade, mas isso não tornava o lugar menos tétrico. A ausência de teias de aranha, e mesmo do pó, apenas ratificava a percepção que nem mesmo esses elementos da natureza desejavam pertencer àquele local. Inconscientemente, Bruno tentou puxar uma conversa rápida com seus guias, que até há pouco considerava lunáticos, para ouvir outra voz além de seus pensamentos. Não teve sucesso: todos estavam emudecidos, e não era simplesmente pelo uso de máscaras; estavam acometidos por algo que significava mais que respeito ou veneração. Parecia ser medo.

Bruno odiava se sentir impotente. Sua voz embargada esmorecia em sua garganta, e seu tom galanteador agora não servia para nada. Não tinha sido moldado para tal tipo de situação: lidar com algo sobrenatural. Sua roupa pinicava, suas meias se inundavam de suor e suas costas se arqueavam como se a gravidade estivesse exercendo maior peso sobre ele que em seus acompanhantes. Os olhos lacrimejavam sem motivo e, de dentro de sua orelha meticulosamente limpa, parecia brotar uma cera líquida que escorria até os lóbulos. Talvez fosse tudo um fator psicológico ou simplesmente a pressão das paredes apertadas sobre o ar. Começou a se questionar se, ao levá-lo até ali, o monsenhor teria como motivação uma possível tentativa de puni-lo.

Sua tentativa sorrateira de abaixar um pouco a máscara naquele ambiente insalubre foi gravemente repreendida pelo monsenhor. Depois de certo tempo, Bruno já não estava tão entusiasmado com o encontro, e seus planos de usar a religiosa como trampolim já pareciam não fazer mais sentido.

Tudo isso se confirmou ao vê-la. Parecia uma múmia em que o coração ainda insistia em bater. Era menos aterrorizante do que esperava, porém mais marcante do que sua condição física exibia, pois não se encontrava catatônica como dissera o monsenhor. Ela falava com clareza, mas como se fosse um ventríloquo em que os lábios enrugados não necessitassem se mover, muito menos o pescoço na posição do interlocutor. Igualmente, seus olhos pareciam enxergar melhor quando estavam com as pálpebras fechadas.

Bruno enxergava aquilo como uma visita a uma moribunda digna de pena e chegou a se envergonhar de nutrir algum terror por aquela velha; até que as recitações quase inaudíveis do terço se transformaram em um rosnado:

– Esperava por ti, padre delirante...

Capítulo X
O que está ligado não se pode desligar

A possuída começou a gritar e proferir blasfêmias. Atada por correntes grossas na cama, irmã Lúcia estava limitada ao seu pequeno espaço. Tinha tiques espasmódicos e tensões internas incontroláveis; entrava em profusas explosões do inconsciente e em estágios convulsivos, totalmente fora de controle. Não havia nada de vegetativo, conforme havia dito Abdalla. Talvez a presença de Bruno tivesse reinflamado a irmã, que há meses estava atônita. A reação inesperada fez com que o monsenhor Leo corresse de volta ao seu quarto e buscasse os itens básicos de exorcismo.

Ela tinha desrespeito por tudo e todos, e não havia a mínima esperança de cura ou livramento; isso não era algo dito, mas sentido por todos. O monsenhor Leo retornou, já vestido com a batina e a estola roxa, trazendo em mãos uma cópia do *Ritual Romano*. Aspergiu água-benta pelo recinto, o que causou uma reação intensa da doente.

Levitações a poucos centímetros de altura e aporte se tornaram recorrentes naquele quarto. O rosto da enferma ganhava proporções animalescas; ninguém conseguia subjugá-la. O monsenhor perguntou (e já tinha perdido as contas do número de vezes que o fizera), falando com autoridade:

– Quem fez o feitiço? Diga!

– Você sabe, eu já te disse várias vezes – respondeu à possessa.

– Estou ordenando que me diga! – aspergiu a água-benta. – Diga, quem lhe rogou o feitiço?

– Nina. Nina!

– E qual foi o método? Diga, demônio!

– O espelho! O espelho! Estamos ligados, não se pode desligar.

Ela entrou em uma espécie de transe; seus olhos ficaram brancos e teve uma paralisia seguida de suspensão da consciência. Seu rosto ficou desfigurado por contrações involuntárias e musculares. Ela parecia recoberta por uma espécie de plasma de transfiguração.

– Sabemos que está aí – disse o monsenhor. – Não adianta disfarçar.

A criatura voltou levemente a face em direção ao monsenhor e abriu um sorriso maléfico:

– Acha que essa vestimenta sagrada pode te proteger?

A possuída começou a se elevar com a cabeça arcada para trás, como se fosse atingida por uma corrente elétrica, o cimo da cabeça e as solas dos pés tocando o colchão urinado e defecado, no auge de seus ataques demonolátricos.

— Essa cruz que esconde não vai te proteger! Você vai morrer! Todos vão morrer! A caixa de Pandora já se abriu, e a praga está assolando tudo e todos! Estamos conectados!

Seu arco projetava o ventre para fora e a coluna para dentro, e nenhuma força humana era capaz de desfazê-lo. Padre Bruno sabia que a sugestão podia levar os músculos dela a um enrijecimento cataléptico e a um hiperdinamismo psicológico ou sansonismo parapsicológico, que lhe dariam uma força sobre-humana. Após alguns minutos angustiantes, o corpo dela relaxou, e a irmã caiu em dormência profunda. Alexandre Ferri teve de reajustar a sonda inserida em no nariz dela para sua alimentação líquida, além de ter medido sua pressão. Uma freira trocou a roupa fétida e os lençóis da cama, e todos saíram do recinto. Bruno ainda estava em choque. Para amenizar o mal-estar, o monsenhor retomou a análise:

— E pensar que tudo recomeçou na Ilha das Freiras, com as sete irmãs possuídas pelo demônio — disse o monsenhor. — Mas, sem dúvidas, padre Bruno, a sua presença reinflamou a irmã.

— Me falem mais sobre essa tal Ilha das Freiras — disse Bruno.

— A Ilha das Freiras é uma página obscura da história da igreja. Mais uma, eu diria. Histeria por contágio psíquico — complementou Abdalla. — Ou histeria de imitação. As irmãs viam figuras aparecendo no ar, o que chamamos de fantasmogênese. Havia um órgão grandioso e outros instrumentos musicais que tocavam por telecinesia, e ouviam passos no teto, o que chamamos de tiptologia. As irmãs histéricas diziam que era preciso esmagar a cabeça da serpente antes que fosse tarde, e que o diabo se serve de várias vestimentas para se apresentar a esse mundo. E, no caso da ilha, seria através da irmã Lúcia. Se fundamentaram na ignorância, e não foram levadas a sério pela cúria episcopal. Tudo foi se agravando. Há relatos de diário falando sobre formações etéreas que elas viam, que acredito serem geradas pela força do pensamento histérico coletivo. Esse é o grande dilema entre a ciência e a divergência dos argumentos filosóficos e empíricos, conhecidos como fé.

— Enfim — disse o monsenhor, tirando a estola roxa. — Essas irmãs enlouqueceram completamente e se suicidaram. Se lançaram do desfiladeiro. Algumas morreram afogadas, outras caíram nas pedras e tiveram uma morte igualmente brutal. Quando chegamos, encontramos a irmã Lúcia, a única sobrevivente, sentada no chão do hall, rindo freneticamente em uma espécie de transe. Ali mesmo foi feita a primeira tentativa de exorcismo, apenas o primeiro de muitos sem surtir efeito.

— Estranho — disse Bruno. — Não vi nada a respeito na grande mídia.

— O caso foi abafado! Seria a nossa ruína! Foi relatado às famílias das garotas que elas se apoiavam em uma base de madeira para tirar uma foto no crepúsculo quando a base cedeu e elas vieram a se acidentar. Uma gorda indenização foi dada às famílias para silenciá-las. E, quanto à irmã sobrevivente, como era a mais famosa, com projeção internacional, foram divulgadas notas para a imprensa sobre sua doença, omitindo a possessão.

— Notei que ela apontou para uma cruz oculta sob sua batina, monsenhor — interveio Bruno.

— Hierognose — disse Abdalla. — Conhecimento das coisas sagradas. Agora, vamos ao lado psicológico da situação.

— Embora ainda não tenhamos um diagnóstico concreto — disse o taciturno dr. Ferri —, há possibilidade de que ela esteja sofrendo da síndrome de Tourette com mecanismos de disfarce, como epilepsia, histeria, esquizofrenia e parafrenia. Sua mitomania surge do inconsciente.

— Então você descarta a possessão, dr. Alexandre? — perguntou o padre cantor.

– Não descarto nenhuma possibilidade, mas apresento o lado científico – reafirmou o médico. – As causas de distúrbio psíquico podem ser orgânicas ou hereditárias e, em alguns casos, surtem efeito somente na idade adulta ou senil, com as clássicas manifestações de vítima e carrasco que ela apresenta, tão frequentes nos casos de histeria e auto-hipnose. O fato, padre Bruno, é que a irmã está fortemente desidratada. Ela rejeita os alimentos, e mesmo a alimentação por sonda não tem sido o suficiente. Digo com convicção: ela não tem mais que duas semanas de vida, está em estágio terminal. E, embora esteja recebendo os cuidados necessários, a igreja poderá ser afetada se essa história vazar. É um segredo que deve ser guardado a sete chaves. Não entendo por que monsenhor Leo e Abdalla quiseram te revelar tudo isso, mas eles devem ter os motivos deles, com todo o respeito.

Monsenhor Leo tocou nas costas do padre Bruno:

– O padre Bruno, apesar de jovem, tem um carisma, um dom. Acredito que ele possa nos ajudar de alguma forma. Estou cansado! Solicito reforços, uma visão de alguém de fora, que não esteja contaminado como nós, por esses meses de sofrimento. Acredito que possa haver uma salvação para ela, tenho um plano.

– Ah, é? E qual seria? – perguntou o padre.

– Se conseguíssemos colocar as mãos nesse espelho, poderíamos confrontá-la com o artefato e talvez livrá-la do mal, seja ele verdadeiro ou uma obsessão psíquica.

– OK, sabemos que esse espelho existiu, que foi usado em uma cerimônia, e que a suposta bruxa morreu sobre ele. Mas provavelmente ele esteja destruído e não exista mais! – disse Bruno.

– Há teorias dizendo que ele é indestrutível! – retrucou Abdalla em retórica, com um certo sarcasmo no olhar.

— Mesmo se existisse, nunca o encontraríamos, muito menos em duas semanas — replicou Bruno.

— Há um outro fato que preciso contar — continuou o monsenhor. — O antigo convento foi vendido para uma pessoa milionária. A irmã Lúcia, por diversas vezes, fez menção à caixa de Pandora que se abriria. Você mesmo testemunhou isso.

— Sim, é verdade, ela disse...

— Quem comprou o antigo convento é uma celebridade, a cantora Pandora. Se nós mesmos não sabíamos, a princípio, quem era o comprador, como a irmã sabia?

— Fazendo uma ligação psíquica com Pandora — disse Abdalla.

— Eu conheço essa cantora, óbvio, quem não a conhece? — disse Bruno. — Suas músicas são heréticas, mas é inegável, ela tem uma voz espetacular!

Abdalla pegou o celular e entrou em sua galeria de fotos enquanto monsenhor continuava sua fala:

— Essa moça, junto a alguns amigos, se refugiou no antigo convento. Veja o último post que ela fez, antes das redes de internet sofrerem interferência.

A foto mostrava a cantora em frente a um espelho, e ainda havia um vídeo em que ela cantava uma ode ao artefato.

— O espelho! — exclamou Bruno.

— Exato! Estava lá o tempo todo. Quando isolamos o local, foi feita uma busca minuciosa para ver se ele realmente existia — o monsenhor estava cabisbaixo. — Eu mesmo estava presente e fiz uma varredura. Não havia nada lá! Então, como isso apareceu do nada com o novo morador, comprova-se que o relato do espelho não é uma alucinação.

— Entendo — disse Bruno. — Se não fosse a pandemia, seria mais fácil resgatá-lo!

– Correto! Todo tráfego aéreo foi paralisado, e as barreiras terrestres estão ostensivas. É o *lockdown* no pico do contágio!

– Eu posso tentar! – disse Bruno. – Ficar enclausurado aqui iria deixar meus nervos à flor da pele, mesmo!

– Não aconselho! – disse o monsenhor. – Você pode se contaminar com a peste. Não queremos te perder, padre Bruno. Tire isso da sua cabeça!

– Eu não sei – o padre parecia desorientado. – É como se eu estivesse recebendo um chamado! Como se toda a minha vida fosse preparada para esse momento.

Bruno puxou o monsenhor Leo para um canto, aproveitando a distração do médico e do psiquiatra:

– Toda a minha vida eu tive uma fé oscilante, sempre me senti deslocado. Embora sirva a meu Deus, sinto que não o faço em plenitude.

– Quer se confessar? Abrir o seu coração?

– Monsenhor, se eu tenho uma chance de ajudar essa pobre mulher, é o que vou fazer – disse Bruno, em pura falsidade.

– Saiba que não creio nas sugestões psicológicas de Abdalla – disse o monsenhor. – Creio, sim, no mal ancestral, e que estamos enfrentando um inimigo poderoso e antigo. Mas você estará em grande risco, e nem mesmo sabemos se seremos bem-sucedidos. Mesmo que traga o espelho, pode não surtir efeito algum sobre ela. Isso se ela estiver viva no seu retorno.

– Não me importo! Com sua benção, eu vou buscar esse espelho!

– Ainda não – replicou o monsenhor. – Deixe-me refletir sobre isso.

O grupo foi tomar um café. Monsenhor Léo e Abdalla falaram de assuntos corriqueiros e sobre como ficariam as liturgias durante e após a pandemia. Evitavam tocar no nome de Lúcia; mas Bruno não conseguia tirar isso da cabeça e retornou à matriz do desconforto que todos sentiam, mas não diziam. Novamente, se ofereceu para a aventura perigosa na busca do artefato. O idoso se mostrava preocupado:

— Ainda não posso ter uma diretriz sobre quando e se irei te liberar para essa missão. Posso escalar um jovem sacerdote ou um seminarista para te acompanhar, caso opte por sua ida. Tudo é mais fácil em dupla, mas não quero te expor ao risco.

— Agradeço, mas sinto que é uma missão de um só homem. Quero estar só e reflexivo durante toda a jornada.

— Não se afobe! Mal ouviu o resto da história.

— O senhor acredita que a irmã esteja mesmo possuída?

— Vou lhe contar alguns episódios, tire suas conclusões. Em um dos exorcismos, desafiei o demônio encarnado na irmã Lúcia a apagar as luzes do nosso prédio, o que seria uma demonstração grandiosa e geralmente esses desafios não são aceitos pela entidade. Mas, nesse dia específico, isso aconteceu não só no quarto da irmã, mas em todo o seminário.

Abdalla entrou na conversa:

— Cheiros dos mais diversos foram sentidos naquele quarto, desde canela até enxofre, e novamente expliquei ao monsenhor que se tratava de osmogênese. Houve também fotogênese, com diversos clarões se manifestando no quarto. E diversos quadros de psicofonia: vozes ecoavam no quarto, proferindo de blasfêmias a pedidos de socorro. Essas vozes eram somente a depressão psíquica da irmã, projetando as mazelas de seu inconsciente. Houve também pequenos incêndios, focos de pirogênese; e, como você mesmo presenciou, ela fala com voz diferente, o que chamamos de ventriloquia, usar a laringe para se comunicar. Em alguns dos fenômenos, a roupa da irmã foi pulverizada, tornando-se pó! E ela levitou, nua, por quase dois metros de altura. Se foi alguma alucinação, então foi coletivo: três pessoas estavam presentes naquele momento. E foi mais de uma vez: uma na vertical, duas na horizontal. Houve também fenômenos de transfiguração, parecidos com o de hoje: ela ficou irreconhecível.

– Ela, às vezes, sai do transe; parece estar conversando consigo mesma – disse o monsenhor.

– Muito raro, posso contar nos dedos as vezes que isso aconteceu. O que ocorre é uma espécie de descanso após o ataque, como se ela se tornasse um recipiente vazio. Ouça, Bruno, isso nos afeta profundamente. É como o legista após mexer com o cadáver: por mais que tome dois ou três banhos, o cheiro do morto fica impregnado nele. O mesmo acontece conosco: sofremos as consequências por osmose. Pode afetar nossas sensações, nosso ânimo e toda a atmosfera à nossa volta. Não há do que se orgulhar nesse mundo, e não é bonito como no seu mundo musical; então, ainda há tempo para desistir dessa viagem – disse o psiquiatra de forma enfática.

– Ainda não respondeu à minha pergunta, monsenhor – disse o padre, ignorando o psiquiatra, demonstrando que suas almas não batiam. Ele via no homem algum tipo de inimigo ou perigo, só não sabia precisar o motivo.

– Se acredito que ela está possuída? Sim, por mais que a ciência tenha uma explicação. Acho importante a função lúcida de Abdalla, mas não podemos nos esquecer de que essa mulher foi enfeitiçada quando bebê, e o feitiço é o sacramento do diabo. Foi impregnada em seu inconsciente a ideia de um mundo de sinais mágicos, e isso a deixou de certa forma sob uma anestesia hipnótica. Às vezes, ela apresenta analgesia, total falta de dor; outras vezes, manifesta uma dor aguda ao simples toque. Sabendo que toda dor é subjetiva, provocada por uma reação cerebral, e pode ser interpretada como dor ou prazer, há também uma explicação física para isso; mas, quando olhamos para ela, e você sabe do que estou falando, sentimos algo diferente no ar.

– Estranha essa resistência; afinal, o poder de Deus é infinitamente maior que o do diabo – disse Bruno.

– É como uma expiação pelo pecado dos outros. A irmã tem um coração misericordioso e nada tira de minha cabeça que ela será uma santa. Ela sofre desse mal por opção própria, para mostrar ao mundo através do mal que o bem existe e assim poder inflamar a fé das pessoas. Ela sofre constantemente o ataque do mal; os sinais de dermografia estão por todo o corpo dela, o que chamavam antigamente de comércio carnal com Satã. Ela tem marcas de dentes por todo o corpo; dizem que são marcados por demônios inferiores. *Stigmala diaboli*, o chamado estigma do diabo, são os pontos insensíveis no corpo. Por vezes, Abdalla atravessou a pele dela com agulhas, algumas vezes aquecidas, e ela não sentiu nenhuma dor.

– É verdade – concluiu o psiquiatra.

Eles se despediram e cada um se recolheu a seus aposentos; mas Bruno, impelido por uma excitação e desobedecendo às ordens superiores, saiu de forma furtiva, ocultado pelas sombras e imprudente, retornando sozinho à masmorra – o calabouço inferior, como às vezes falavam nas entrelinhas. Aquela caminhada era semelhante a adentrar o Hades. Resolveu não entrar no quarto e abriu uma pequena janela de madeira para espiar a irmã Lúcia.

Ela tinha uma rigidez cadavérica, deitada de barriga para cima, dura feito uma tábua; os braços esticados para cima, alinhados, as mãos em posição horizontal ao braço, palma para cima, como se apalpasse algo imaginário. Os olhos vidrados em um mundo paralelo como se houvesse um portal, o qual ela tocava naquele momento. Estava obviamente em transe...

Sua boca se movimentava lentamente, como alguém que sussurra em seu ouvido palavras secretas e quase indecifráveis...

Kim adentrou a porta de ferro em meio à escuridão do cômodo sem ventilação. Desceu a escadaria de madeira. Ao fundo, via-se a luz de uma vela sobre um pires no chão, sua única referência visual local. A luz iluminava parcamente o espelho. Em frente a ele, Natasha estava em transe, com o corpo rijo, dura feito uma tábua, braços esticados, palma da mão na vertical tocando o espelho, olhos vidrados, obviamente em transe. Estava em conexão com a irmã Lúcia, em um portal entre dois locais distintos. De forma sobrenatural, o horizontal de Lúcia e o vertical de Natasha ali se alinhavam.

Com um toque no ombro, a cantora saiu do transe como quem emerge do fundo do mar e retoma o ar. Imediatamente sem chão, ela foi recuando na escuridão, com o semblante atormentado. As lágrimas logo começaram a verter de sua face, de forma copiosa e descontrolada.

Capítulo XI
Post mortem

Bruno estava em um bosque. Havia ali uma cruz de concreto que se estendia quatro metros na vertical e, próximo, havia três toras. Em cada uma delas, havia uma mulher aprisionada. O padre vestia uma manta com capuz preto que ocultava sua nudez; trazia em suas mãos anéis grandiosos e ostentava um cajado. Caminhou em direção ao lago e, como Narciso, postou-se frente a seu reflexo e começou a se admirar. Foi quando sua imagem tomou forma e se materializou, se evadindo de seu espaço. Como um espectro, ela foi tomando forma, moldada pela própria água, e tocando sua face, beijando seus lábios e tragando-o para o fundo das águas esverdeadas...

O bem-sucedido sacerdote foi acordado de seu sonho no meio da madrugada. As batidas contínuas na porta o trouxeram ao mundo real. A irmã

Celeste estava do lado de fora. Trazia um recado de monsenhor Leo para encontrá-lo na área onde irmã Lúcia estava. Bruno lavou o rosto e vestiu uma blusa, fez uma oração para se proteger e encaminhou-se no silêncio do extenso corredor. Suas mãos estavam trêmulas com o que viria. Sentia um calafrio congelante.

O portão estava aberto; encostou-o vagarosamente para não fazer alarde, sentindo-se incomodado ao tocar com as pontas dos dedos aquele metal úmido. Na porta do quarto, em uma pequena mesa de madeira, uma convidativa garrafa de café o aguardava. Tomou um gole para esquentar enquanto ouvia uma conversa lá de dentro. Então, monsenhor Leo e dr. Ferri saíram ao seu encontro.

– Ela está lúcida! Bem, parcialmente lúcida – disse o monsenhor.

– Está morrendo! – afirmou o médico. – Em estágio final de agonia. Apresenta sinais clássicos de afogamento, com gemidos constantes, declínio cognitivo e confusão mental. São defesas para se livrar da agonia. Está oscilando entre agitação e descanso.

– Ela está tomando alguma medicação nesse momento, doutor? – perguntou Bruno.

– Alguns cuidados paliativos estão sendo tomados. Ela está sendo sedada por meio do processo que chamamos de eutanásia lenta ou misericordiosa. Um opioide é sempre necessário para o controle da dor. No entanto, agora, ela está parcialmente lúcida.

Um grito lacerante veio do interior do quarto, levando-os a entrar imediatamente. Ela tinha se arqueado para a frente, e depois se deitou ofegante. Os três homens aproximaram-se de seu leito. Ela tinha os olhos abertos. Tocou na mão de Bruno e sussurrou; ele teve de se abaixar para tentar ouvir, notando um gravador ao lado dela na cama.

"Sacramentum diaboli...
Derna... Asni... Cen...
Mars... Rit... Tress...
Neve... Granu
Vota... Nolo... Recu... Cep..."

Então, a freira pareceu recuperar por um momento a lucidez e exclamou no seu próprio idioma, em uma voz sussurrante:

– Não vá! Será seu fim...
– Como está, irmã? – perguntou o monsenhor.
– Eles me deixaram... Os demônios...
– Que bom! Está liberta!
– Faz parte do plano.

A mão da freira estava gelada ao toque. Estava fraca, com olhos encovados, ossos em evidência, e dava seus suspiros finais.

– *Sebru – Trali – Haxas – Dasn...*
– O quê?
– *Conur – Baen – Notre...*
– Que língua é essa?
– *Japri... Monge... Laito... Seode...*
– Nenhuma que eu conheça – afirmou o monsenhor. – Ela está tendo pensamentos tétricos, o que você poderia facilmente confundir com algum tipo de precognição.

– Ao menos hoje não teve nenhuma levitação ou algo do tipo – disse Bruno.

– Seu corpo não mais suporta isso – respondeu o monsenhor frente à luz bruxuleante da vela à sua frente. – Solte as amarras!

Irmã Celeste soltou as amarras de couro do punho e do tornozelo da possuída e abriu os cadeados que a atavam às correntes. Os demônios tinham mesmo ido embora ou, ao menos, assim o fez o psíquico dela no estágio final de sua vida. Havia um grande número de indícios: levitação, aporte, precognição, telecinesia. E eles sabiam: quanto maior o número de eventos sobrenaturais, mais indícios de ser algo natural.

Monsenhor ministrou o sacramento católico dedicado aos enfermos, ungiu a fronte e as mãos dela e entoou uma oração litúrgica, dando a ela o trânsito à casa do pai *in articulo mortis*. A última unção, o último sacramento.

– Por sua infinita misericórdia... – recitava, enquanto a freira dava os últimos suspiros. Os lábios já estavam azuis-esbranquiçados.

A irmã Lúcia morreu em paz... liberta.

– Pode desfazer sua mala, Bruno – disse o monsenhor. – Não é mais preciso buscar o espelho.

Passaram-se dois meses desde a fatídica noite da morte da irmã Lúcia, e ainda persistia a total falta de comunicação, até mesmo com a linha emergencial do Exército, impossibilitando os padres de realizar o enterro. Um manto foi colocado sobre o cadáver, e aquele local se tornou sua cripta; eles a mantiveram trancafiada no mesmo quarto onde deu seus últimos suspiros. A maior preocupação do monsenhor Leo era com a putrefação do corpo.

O Rio de Janeiro era um dos epicentros da pandemia e, pelas notícias que antecederam a total falta de energia e comunicação, sabia-se que a doença tinha sido controlada na França, nos Estados Unidos da América, na Espanha e na Itália. Mas os vídeos dos homens-lobo e das mulheres vampirescas eram realmente assustadores. Embora as mulheres apresentassem apenas uma palidez excessiva e sede de sangue progressiva – afetando em parte o cognitivo, mas mantendo a lucidez –, os homens se tornavam uma aberração. Houve notícias sobre casos de extermínio e vítimas sendo utilizadas como cobaias em busca de uma possível cura. As mulheres ainda tinham chances de socialização; quanto aos homens, ainda não havia meios para permanecerem no convívio social.

Até então, a febre de Ísis era um inimigo pandêmico sem data para ir embora. O Egito, de onde surgiu a peste, estava sendo investigado pela Organização Mundial da Saúde (OMS) em relação a uma possível omissão quanto ao início da doença. O *lockdown* tinha sido instaurado e somente o Exército e alguns cargos essenciais podiam tomar as ruas.

Interiormente, Bruno compactuava com toda essa loucura catártica; parecia divertida de uma forma lúdica. No entanto, temia que em algum lugar de seu âmago estivesse levando a história mais a sério do que deveria. Talvez partir para aquela ilha fosse uma forma de se refugiar da paranoia vigente sem se desprender de sua personalidade ambígua e oportunista. Com a morte de irmã Lúcia, muitos de seus planos naufragavam; portanto, continuar com essa farsa mistificadora até o fim era o que lhe restava. Ele impostou a voz como um ator de filmes, canastrão, tentando convencer o monsenhor:

– Ainda acho interessante resgatar o artefato. Mesmo com a morte da irmã, ele deve ser muito bem guardado e protegido.

Monsenhor Leo procurou um vídeo no celular e mostrou-o ao padre Bruno:

– Não há mais necessidade de se expor ao risco – disse o monsenhor. – Não precisamos mais do espelho, já que a irmã faleceu há dois meses. As ruas estão perigosas. Quando tudo isso acabar, entrarei em contato com o empresário da cantora e vou solicitar o espelho de volta.

– Acho perigoso! Esse artefato precisa ser destruído o quanto antes. Eu quero ir, monsenhor. Achei que essa pandemia acabaria nesses últimos meses, mas isso não ocorreu – disse Bruno, convicto. – Eu vou destruí-lo!

– Às vezes, destruir um artefato amaldiçoado pode ser pior. A sugestão fica. Talvez seja melhor trancafiá-lo a sete chaves, assim como outros artefatos malditos escondidos pela igreja. Provavelmente, iria para Roma e seria guardado pela equipe do papa.

Bruno estava convicto a ir mais pela sede da aventura e para fugir daquele marasmo que tinha se tornado o local nos últimos meses, principalmente após a morte da irmã. Esse era o único ânimo de adrenalina que ainda tinha. Agora, só restavam as ladainhas, as confissões, e saber o que seria o cardápio do almoço, café e jantar. Algo no espelho o atraía, como se fosse um ímã, um campo magnético. Ele omitiu do monsenhor o sonho que vinha tendo todas as noites; sempre o mesmo, no qual ele dançava em torno de uma fogueira com sátiros e daimones.

Monsenhor Leo encaminhou-o até o calabouço, onde estava ocultado o cadáver.

– A irmã não foi enterrada; eu menti a todos sobre o Exército ter transladado o corpo – disse o monsenhor.

– Eu já desconfiava. Embora tivesse falado sobre o Exército ter vindo buscar o corpo, ninguém viu nada disso.

– Já faz dois meses, não podemos enterrá-la. Não até termos certeza de que o mal deixou esse corpo.

– Talvez seja melhor queimar o cadáver! É uma situação de calamidade.

– Sim. Estávamos convictos sobre isso, mas antes você precisa ver o corpo.

– Melhor colocarmos máscaras. Após dois meses, o fedor da putrefação deve estar terrível.

– Não será preciso. Venha!

Adentraram o corredor e entraram no quarto, onde o cadáver tinha sido retirado da cama. Estava em cima de uma bancada de madeira, coberto com um lençol, apenas com a face visível. Não havia cheiro de putrefação, e o corpo parecia fresco, como se a irmã tivesse falecido há poucas horas. Bruno aproximou-se:

– Tem cheiro de rosas.

O padre tocou o braço da defunta; estava morno, e ele teve a impressão de vê-la movimentar a face um pouco para a esquerda e abrir os olhos. Esfregou os olhos para ter certeza de que fora apenas uma impressão. Monsenhor Leo disse:

– Eu sempre imaginei que ela seria uma santa! A história está mostrando que eu estou certo. Embora seja cedo para tirar conclusões, visto que algumas pessoas foram beatificadas anos após a morte e exumadas duas ou três vezes, tudo indica que ela seguirá o mesmo caminho da beatificação. É um requisito necessário para a santidade.

– Talvez ela seja um santo incorrupto... um corpo incorrupto, requisito para a canonização – ponderou Bruno.

– Hoje, não é mais um requisito, mas um indício. Ela poderia ser indicada a isso pela própria condição de mártir, uma luta ardorosa contra os principados do mal. Não posso enterrá-la; preciso de uma urna de vidro para deixá-la em exposição aos fiéis vislumbrarem o milagre. Este lugar vai se tornar um ponto de peregrinação quando todo esse sofrimento passar. Ela é uma santa, assim como foi Santa Bernadette de Lourdes, Santa Cecília, São Silvano, Maria de Jesus, Santa Rita de Cássia e o Santo Cura d'Ars.

– Padre Pio também.

– Isso levará tempo. Será necessária a comprovação de um milagre por sua intercessão. Não podemos afirmar nada agora, mas tudo indica...

– E o processo seguinte de canonização necessita da aprovação do papa.

– Sim, um ardoroso processo... com direito ao advogado do diabo e muitos anos pela frente. Provavelmente, não estarei vivo quando esse dia chegar; talvez você, se não for imprudente e tirar da cabeça a ideia de partir.

– A minha mala está pronta há um bom tempo.

– Se essa ainda for a sua vontade, pode pegar um dos carros. Vou solicitar alguém para te acompanhar. Mas você sabe: está cometendo um erro.

– Eu vou aceitar o carro, mas vou sozinho.

– Só vou fazer um pedido: que aguarde por duas semanas para que eu me organize, e então poderá partir.

Terceira parte: ALINHAMENTO PSICOTRÓPICO

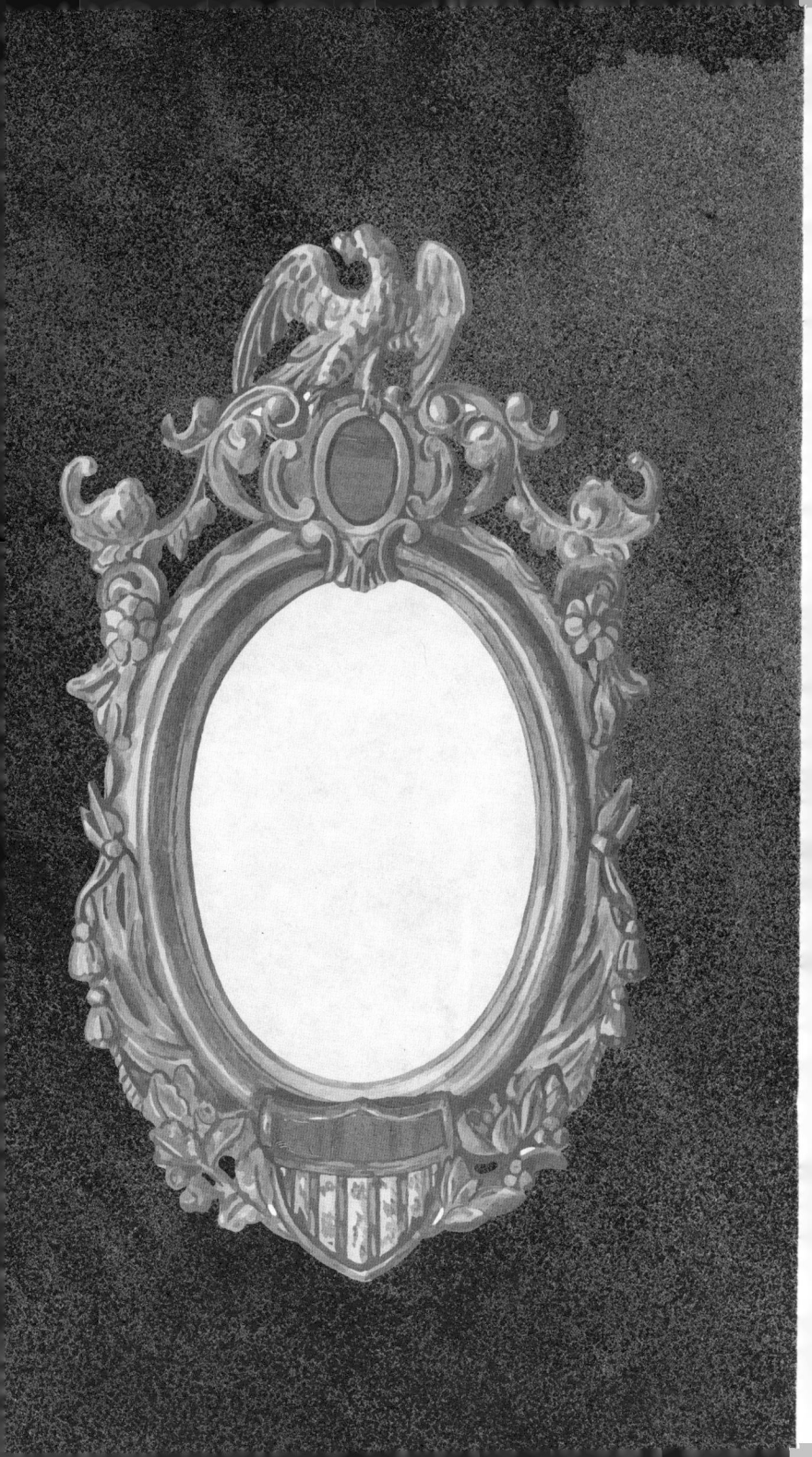

Capítulo XII
Insanidade generalizada

— Eu vou sobreviver a isso? — Raul perguntou a Guion, preocupado.
— Provavelmente, não — respondeu friamente o doutor. — Se tivesse acesso imediato à UTI e aos medicamentos, teria uma chance; mas, nas condições em que estamos, impossível!

A sentença de morte foi proferida em um fim de tarde gélido e chuvoso. O único que não sentia frio naquela mansão era Raul: ele ardia em febre e tinha a pele ruborizada. O ferimento apresentava inchaço e vermelhidão local, e ele sentia dores em alta intensidade.

— Eu não quero morrer!
— Nenhum de nós quer morrer! — disse o médico, já com sinais típicos da peste em estágio avançado, com os olhos tingidos de vermelho e um sarcasmo ácido.

– Você já desistiu de mim, não é? Está negando seu Juramento de Hipócrates.

– Está equivocado! Fiz o que posso, mas não há medicamentos, muito menos condições necessárias. Agora, é óbvio: não ficarei triste com sua morte. Não leve para o lado pessoal. Eu também estou mal, como pode ver. Ainda quer exigir algo?

– Sempre soube que não gostava de mim!

– Rubbo! – Guion abriu um sorriso. – Eu não gosto de ninguém! Mas algumas pessoas merecem mais o meu respeito, como Natasha. Afinal, é dela que vem o meu sustento!

– Não há mais nada a fazer para me curar?

– Isso não é uma doença, é apenas seu corpo tentando reagir. Seus glóbulos brancos tentam reparar os danos e as perdas juntamente aos mediadores, irritando os nervos locais. Nada bom! Soam como uma sirene de alarme, desestabilizam o centro regulador térmico no seu hipotálamo, elevam a temperatura. O corpo humano é mesmo fantástico, não é? – falou ele, para um enfermo já delirante. – As moléculas de prostaglandina, junto às aminas, passam por suas veias e artérias, desobstruem e abrem novas entradas sanguíneas. O objetivo é a chegada rápida dos glóbulos brancos e, com isso, amplia-se o calibre dos vasos, bem aqui – delineou a área afetada. – Intensifica-se a circulação, o plasma começa a escapar e se acumula na área. É, nada bom mesmo! E aí vêm os operários, limpam e reconstroem os tecidos, eliminam as células mortas... Ei, você está com os olhos fechados! Minha explicação está te dando sono?

– Vai se foder, Guion!

– Que pena! Eu estava empolgado. Ia te contar sobre os monócitos, os macrófagos e a formação das secreções, esse tom amarelado e a produção de anticorpos.

— Guion! — Raul se elevou com dificuldade, suando em abundância. — E se você amputar a minha mão? Pega um cutelo, foda-se! Faz um torniquete.

— É tarde para isso, e eu não sou um açougueiro.

Kim aproximou-se deles com a barriga protuberante já anunciando a proximidade do parto:

— Como você está, Raul?

— Nada bem.

Guion voltou-se para Kim:

— Ele já apresenta quadro de sepse, infecção generalizada. Sinais de virulência, cansaço, fraqueza, aumento da frequência cardíaca e respiratória, está com falta de ar também — voltou-se ao doente — Teve diminuição na frequência para urinar?

— A última vez foi ontem à noite — respondeu Raul.

— Tontura? Alguma confusão mental, desorientação?

— Um pouco.

— Conseguiu dormir à noite?

— Passo o dia sonolento, e as noites são agitadas. Devo estar delirando.

— Pois bem. O tratamento ideal seria antibiótico na veia e vasopressores, mas não temos isso. Então é torcer para que ao menos a comunicação volte e, quem sabe, conseguirmos algum resgate. Se ao menos conseguíssemos falar com Maxwell... Ele tem contatos. Em um hospital, ou com os medicamentos corretos, conseguiríamos estabilizar a pressão arterial e colocaríamos você em coma induzido. De momento, o que pode fazer é se hidratar o máximo possível.

Guion levantou-se e saiu, deixando Raul a sós com Kim. A porta ficou entreaberta.

No corredor, encontrou-se com Natasha:

— Ele está bem, Guion?

– Nada bem. Se continuar assim, pode sucumbir em alguns dias, talvez semanas.

– Estamos sem luz também – disse a cantora em total insensibilidade com a doença de seu namorado. – Essa mansão devia ter um gerador.

– Ao menos, temos suprimentos. Tente não se machucar e tudo ficará bem. Pense pelo lado bom – apontou a bela vista da janela, em formato vertical até o teto. – Está em uma paisagem acidentada, em um conjunto montanhoso, banhado pelo oceano Atlântico, próximo ao Trópico de Capricórnio. Um paraíso, uma estância balneária, com a face voltada para o oceano aberto. Isso não é ótimo?

– De certa forma, o isolamento é um luxo para poucos – a diva fez uma pausa, divagando. – Ficar sem tecnologia é libertador, mas, sem banho quente, impossível! Gertrudes vai ter que aquecer minha água, caldeira por caldeira. Esse lugar é muito frio, nem parece que estamos no Brasil.

– É a altitude, querida! Devemos estar a mais de mil metros acima do solo, uma área alta. Diferentemente de lá embaixo, que é quente e úmido e se estabiliza nos 23 graus.

– Minhas roupas estão mofadas!

– Óbvio! Estamos em meio a uma floresta úmida de encosta. O que mais podia querer?

Guion tocou a face de Natasha:

– Raul é passado. Se quiser se despedir dele, creio que não deva esperar o dia de amanhã. Nunca se sabe.

Natasha tocou a face de Guion com as duas mãos e olhou-o bem nos olhos:

– Você está no estágio avançado da peste! Veja seus olhos!

Guion se desvencilhou e foi descendo as escadas sem dar atenção. Estava mais agressivo e menos polido, já não andava alinhado ou bem trajado. Natasha se perguntava se os dias de confinamento tinham enfim tirado a máscara do homem cortês ou se, assim como ela, também apresentava sintomas da peste. Não havia colírio que disfarçasse a vermelhidão de seus olhos, por mais que ela tentasse ocultar a verdade.

Natasha caminhou até o quarto e observou pela fresta da porta: aquele homem era apenas uma sombra do que fora Raul Rubbo. Kim estava sentada na beira da cama e acariciava o cabelo do moribundo; ele, por sua vez, pousava a mão não lesionada sobre a barriga dela, tentando sentir os chutes da criança. Definitivamente, eram uma família. Por mais que ele negasse com palavras, algum tipo de amor surgiu entre eles.

Mesmo que o fato de Raul ter relações sexuais com outras mulheres não lhe doesse, pela segunda vez Natasha sentiu o peso real da traição: quando percebeu o afeto por ela transferido para uma outra mulher, mais jovem e de ventre fértil. Kim era a genetriz de seu filho, de sangue; e não uma mãe de criação, como ela seria. Natasha já não sentia o mesmo amor por Raul, se é que um dia foi amor; ela amava a beleza, a virilidade e o poder, e ele não representava nada disso naquele momento. De certa forma, a doença dele foi a catarse dela. Sentia-se livre e igualmente com vontade de destruir aquela nova família que se formava no caos. E não seriam esses os momentos de unificação?

Saiu sem ser notada, acendeu um cigarro e desceu as escadas até o hall; encaminhou-se até o quarto da empregada, bateu à porta e a abriu antes de ser respondida. Parou no limiar do quarto, acima da soleira, como se fosse impedida de entrar, e ficou aguardando o convite da empregada:

– Entra, patroa!

Entrou no pequeno quarto, com uma cama de solteiro ao canto; observou com certo repúdio os símbolos sacros: uma cruz de madeira na parede e uma imagem de Nossa Senhora dentro de uma redoma, ao lado de uma *Bíblia* com um terço demarcando a página que trazia o Salmo 23, "O Senhor é meu Pastor".

— Cruzes, Gertrudes! Você é tão cafona!

— É minha fé, senhora! Disse que eu tinha esse direito em meu quarto, desde que não saísse de meus aposentos.

— Claro! Não me leve a mal. Vivemos em um país laico, e todos são livres para crer ou não crer. Estou apenas te provocando — abriu um sorriso. — De hoje em diante, você terá que aquecer meus banhos com água da caldeira, OK? E, no momento, quero que busque velas no estoque. Agora nos tornamos medievais.

— Sim, senhora!

Nos minutos seguintes, Natasha e Guion estavam no hall, observando com certo sarcasmo a empregada iluminar a mansão com as velas, as quais acendia uma a uma. Ele disse:

— Ela é bem eficaz!

— Não tenho do que reclamar. Não abre a boca sem ser chamada. É como um poste, um fantasma, hum. Até nos esquecemos de que ela está presente, já é de casa. Trepei tantas vezes perto dela... ela só vem limpar a sujeira e vai embora.

— Verdade! Até nos esquecemos de que ela existe!

— Mas há de reconhecer, o que seria de nós sem ela aqui? Quem iria cozinhar? Aquecer meu banho? Limpar esse verdadeiro castelo? Prefiro a morte precoce.

Um burburinho veio de cima; Raul descia as escadas aos berros, enlouquecido. Ele tinha vestido uma blusa e calçado seu tênis. Kim tentava dissuadi-lo de seu ímpeto.

— Eu vou embora! Não vou morrer aqui!

Natasha se postou de forma imperiosa em seu caminho:

— Volte para a cama! Está ardendo em febre! Não tem como sair dessa ilha, não vai sobreviver lá fora! Não há balsa, não há helicóptero. Precisamos esperar essa pandemia passar.

– Vá se foder! Não vou morrer aqui! Tem uma canoa na beira das rochas – Raul saiu para um cômodo adjacente e voltou vestindo um colete.

Guion sorveu seu vinho branco e disse baixinho a Natasha:

– Vai impedir seu amor?

– Nunca consegui impedi-lo de nada – replicou Natasha, voltando-se para Raul. – Se sair por essa porta, você vai morrer, Raul! Não vamos te acompanhar nessa loucura!

Raul saiu debaixo da fina chuva e começou a descer as rochas, com dificuldade e tomando uns tombos, gritando e proferindo palavrões. Kim ficou desnorteada e saiu para a cozinha. Natasha e Guion observaram pelo vidro do hall, até onde foi possível. Ela achou que seria um momento triste; nunca tinha se visto perdendo Raul; era seu pior medo. Mas a condição da doença, de certa forma, a libertava disso. Ao invés de tristeza, o que sentiu foi uma explosão eufórica, a mesma que sentia em cumplicidade ao seu doutor, que olhava para ela, segurando um riso. Deviam ter empatia pelo enfermo, mas ver os tombos e gritos dele era como assistir a um filme de comédia pastelão, visto que ele estava chapado de maconha. Guion não se aguentou: explodiu em um riso histérico, enlouquecido e altamente contagiante. Natasha não se segurou e replicou sua risada, alta e com eco; e logo um debochava do riso do outro, e chegavam a sentir dores no abdome de tanto que riam, enlouquecidos...

Nessa altura, Raul já tinha tomado o bote e adentrado o mar profundo. Exausto até mesmo para remar, deitou-se na embarcação e deixou que as ondas furiosas do fim da tarde o levassem enquanto quase virava, ardendo em febre, rezando para chegar à civilização. E foi embora, solitário, somente ele e o mar...

Capítulo XIII
3-2-3

—Ele está morto! Raul está morto! – disse Natasha.

– Não tem como você saber isso – replicou Kim.

– Ele está submerso, no fundo do mar. Eu sei.

– E se isso for verdade? – Kim cruzou os braços sobre sua barriga protuberante. – Qual o motivo do choro, se você e Guion não fizeram nada para impedi-lo de ir embora naquelas condições? Eu não podia impedir, estou grávida, mas vocês não fizeram nada! E ainda riram dele, de forma debochada! Eu fiquei em choque quando vi. Você não gosta de ninguém, Pandora!

– Você é a culpada. Fez a minha união com ele ruir.

– Você é louca! Seu relacionamento com ele estava destruído muito antes de minha chegada! E tem mais: não acho prudente deixar meu filho contigo! Você e Guion, ambos estão doentes. Quando isso acabar, eu vou embora com o meu filho!

– Você não passa de uma chantagista. É mais dinheiro que você quer?

– Seu dinheiro nada vale na atual situação. Sinto lhe informar. Você não passa de uma mulher instável. Aceitei vir para cá porque Guion ia cuidar da minha gestação, mas ele não está nada bem. Tem os olhos injetados de sangue, ele está agitado e parece febril. Estou com medo dele, não está raciocinando normalmente. O que três mulheres podem fazem contra um homem-lobo?

– Também acho que ele tem a febre. Eu também tenho, nos níveis mais amenos. Mas você e Gertrudes devem ser assintomáticas, ou já teriam manifestado. Não acredito que Guion possa perder o controle!

– Tenho vontade de ir embora daqui.

– Sinta-se à vontade para partir – Natasha estendeu o braço em direção à porta. – Nem mesmo a canoa temos, mas pode ir à braçada até a outra margem. Estamos sem comunicação para saber em que pé a pandemia está lá fora, mas não vou te impedir.

– Acredito que o pessoal da minha periferia esteja melhor que nós.

Natasha riu, sarcástica:

– Ah, criança, ainda não entendeu a realidade em que estamos! Aqui, não precisa se preocupar com boletos nem com o que comer! Você é pobre, devia entender isso melhor que eu. Logo o pessoal do resgate vai dar as caras e restabelecer nossa energia, e teremos meios para sairmos daqui. – Natasha saiu do cômodo, dando um fim à conversa nada amistosa. – Está blefando!

Encaminhou-se à cozinha, à procura de Guion. Queria olhar com mais atenção para os olhos dele. Encontrou-o sentado no balcão, devorando um pacote de carne crua, feito um animal. Era uma imagem chocante: de um homem polido, para um mero selvagem.

Quando ele a viu, levantou os olhos injetados de sangue, mas não parou de mastigar, deixando o filete de sangue escorrer por sua boca. Ela se identificava com aquela sede de sangue. Olhou-o com empatia, mais por sua própria condição do que pela amizade por Guion.

– O que está sentindo, Guion?

– Confusão mental, desorientação e um desejo primal por carne e sangue.

– Acho melhor você se isolar no porão para a nossa segurança e para sua proteção também.

– Está equivocada. Minha mente é trabalhada, não vou perder o controle da situação. Deixe-me em paz!

– Mas, Guion...

– Basta! Você é a rainha desse lar, mas o momento é de guerra. Não posso obedecer agora, lamento!

Natasha estava sem ânimo para contrariá-lo. Saiu para a área externa, onde havia uma espreguiçadeira de madeira; queria tomar um sol. Colocou seus óculos Dolce & Gabbana, vestiu seu robe cor de rosa e sentou-se em frente ao mirante. Fechou os olhos, mas um mal-estar logo se apoderou dela. Toda aquela luz a agredia, e mesmo o singelo sol da manhã lhe parecia um veneno sobre a pele. Já não era um ser da luz, se é que um dia fora: era um ser das trevas.

Encaminhou-se rapidamente para o interior escuro da mansão, onde se sentia protegida; fechou algumas cortinas que estavam abertas no hall para obscurecer o local e encaminhou-se ao seu quarto. Ver Guion afetado pela doença começou a incomodá-la; ele era uma versão piorada dela própria em relação aos sintomas. Até mesmo seus discursos nevrálgicos tinham sido afetados, e ele já não protelava mais nada: estava se tornando uma besta-fera. Ela fechava os olhos com pesar, pois agora era difícil não enxergar o óbvio: ambos estavam se tornando monstros.

Maxwell a ensinara que devia se proteger acima de tudo. Ainda se lembrava da senha do cofre, que ficava oculto atrás do guarda-roupa de seu quarto. Ela arrastou o móvel e girou a combinação do cofre de grande extensão, em formato retangular. Havia ali uma arma de calibre doze e alguns cartuchos. Ela sabia como usá-las; era seu hobby atirar em latas no meio do bosque. Abriu o cano duplo e inseriu duas balas, fechando-o em sequência. Esperava mesmo não ter de usá-la, principalmente contra um amigo. Naquela noite, trancou a porta do seu quarto, seu sono foi entrecortado e cheio de pesadelos.

Já Guion passou a noite em seu quarto, contorcendo-se com dores abdominais, febre alta e uma sensação térmica de que seu corpo estava fritando, intercalada por gélidas sensações. Sentia que um outro ser estava para emergir de seu interior. Era como uma lagarta se libertando de seu casulo; mas o que sairia disso não seria belo como uma borboleta...

Seu semblante se transformava e se tornava rijo. Teve espasmos musculares e começou a espumar pela boca; lembrou-se das palavras de Natasha, alertando-o para que não zombasse do sobrenatural ou seria punido. Teve de arrancar sua camisa de linho, rasgando-a. Já tinha dificuldade com o trato fino de suas mãos, que se contorciam em espasmos parecidos com os de um epilético convulsivo. Em sua alucinação, sentia sua pele rompendo-se e sua espinha dorsal vindo à tona. Começou a se curvar feito um animal; sua boca se abriu em grande proporção, e seus dentes ficaram à mostra, já transformados em presas. Seu instinto primal era caçar. Começou a urrar alto, em gritos espasmódicos de dor. A febre de Ísis o tinha atingido, e sua mente parou de raciocinar: agora, ele era somente instinto.

O barulho infernal acordou as três mulheres da mansão. Gertrudes, com uma vela sobre um pires, chegou à porta da cozinha. Na outra ponta estava Kim, extremamente assustada. A governanta perguntou:

– Você está bem, sr. Guion?

Guion, feito um lobo, correu urrando em direção a Gertrudes. Como um caçador, foi direto ao pescoço da senhora, dilacerando-o e, tirando nacos de carne. Ficou prostrado sobre ela, se alimentando enquanto o sangue jorrava quente e rápido, tingindo o piso branco da cozinha...

Aos gritos de Kim, Guion largou a sua presa e, com a boca vertendo sangue, levantou-se. Meio arqueado, olhou para a sua próxima presa, com a cabeça postada para frente, como se quisesse farejar o seu medo. Deu um grito primal e correu em direção a ela. Kim fechou uma frágil porta divisória que levava à cozinha, já temendo que ela não suportasse a fúria de uma criatura como aquela por muito tempo.

Ele atravessou a cabeça contra o suporte superior de vidro, estilhaçando-o; depois, esmurrou a porta, varando seus braços pelas fendas da madeira estilhaçada. Bastava virar a chave que ela tinha deixado na fechadura, mas ele não o fez – o que demonstrava sua capacidade cognitiva e intelectual quase reduzida a zero, apenas se mantendo por um instinto primitivo em caçar. Ele se debatia, como se tivesse um ataque epilético, convulsivo. Enfim, retirou a cabeça e as mãos das fendas e sumiu da vista de Kim.

A moça desabou no chão da cozinha, segurando nas mãos uma faca amolada para tentar se proteger. Começou a ter contrações, tremia de medo. Fez-se um breve silêncio, que logo foi rompido por um baque violento contra a porta, depois outro e outro. Aquela frágil porta não suportaria por muito tempo. Enfim cedeu, e Guion voou contra um armarinho na parede. Caiu ao chão e começou a serpentear pelo piso, como uma espécie de peixe que fosse jogado fora da água e se contorcesse sem ar. Por instantes, não notou que ela estava sentada ao fim do corredor; tinha uma espécie de memória de curto prazo, mas o cheiro e o instinto logo retomariam seu curso de ação.

Kim se conteve para não gritar, mas as dores abdominais estavam fortes; as contrações aumentavam, causadas pelo pavor repentino. Queria gritar por socorro, mas o que Natasha poderia fazer por ela? Enfim, Guion se levantou, arqueando a barriga para frente e se apoiando no balcão. Olhou para ela com seus olhos injetados, com a boca escancarada em um grito de ódio. Como o armarinho despedaçado bloqueava parcialmente o caminho, ele saltou sobre o balcão, elevou os braços como se fosse um Kong e correu pela pedra de mármore em busca de sua presa.

Um tiro certeiro de doze explodiu sua rótula direita do joelho e parcialmente a esquerda. Na queda, um pedaço de madeira quebrada do armarinho atravessou o seu corpo feito uma estaca e trespassou-o das costas à barriga, aprisionando-o. Ele estava a poucos metros de Kim e ficou sacolejando, tentando em vão se levantar com a perna esquerda totalmente deslocada e o próprio sangue deixando o piso branco escorregadio. Seus urros agora eram pequenos e contínuos, uma espécie de guinchos, o que demonstrava sentir algum tipo de dor.

A bolsa de Kim estourou. Natasha aproximou-se, olhando perplexa para o que outrora tinha sido seu amigo racional. Kim dizia, entre gemidos:

– Vai nascer! Me ajuda!

– Não posso descolar os olhos dele! Consegue se levantar e passar por cima do balcão?

– Impossível!

Nesse momento, Guion conseguiu se levantar por alguns instantes, mas não suportou o peso; a perna quebrou, pendendo para a esquerda. O osso varou a carne e ficou exposto, um guincho maior de dor foi emitido.

– Mata ele! – berrou Kim. – Rápido!

Natasha ficou hesitante, com a arma apontada para a criatura. Kim gritou:

– Não é mais Guion, ele está morto! Mata ele! Ou ele mata a gente!

– Vamos aprisioná-lo até descobrir a cura.

– Que cura?! Olha para ele! Acha que é possível ter uma reversão nesse estágio? Se ele não morrer pela doença, vai morrer pela infecção. Como vamos ficar aqui com essa criatura? Ele matou Gertrudes! Dilacerou o pescoço dela, vai fazer o mesmo com a gente!

Kim contorceu-se de dor.

– Está vindo!

Natasha olhou para o seu amigo; ele estava sofrendo, contorcendo-se de forma convulsiva. No entanto, cheio de ódio, ele queria alcançá-la, estraçalhar as duas. Sua mão crispava e tinha profundos paroxismos, enquanto ululava com fúria. Ela o entendia, pois sofria do mesmo mal em nível moderado. Nunca se imaginou matando um amigo, mas aquilo soava como misericórdia. Apontou a arma para ele e deu um tiro fatal, estraçalhando sua cabeça. O sangue explodiu contra o fogão *cooktop*. O cessar daqueles gritos infernais era um alívio parcial; agora, restavam apenas os gritos de Kim.

Natasha não tinha a mínima ideia do que fazer; não sabia nem mesmo preparar um miojo, quanto menos fazer um parto. Lembrava-se pelos filmes de que as mulheres esquentavam toalhas, mas não fazia ideia para quê e nem teria tempo para isso. Seria apenas uma fonte de consolo para aquela mulher que agonizava como se fosse rompida ao meio. Abriu as pernas de Kim e se pôs à frente dela, com as mãos tateando a parte interna da coxa de cada perna:

– Respire, força, vai!

Os gritos ficavam cada vez mais intensos. Natasha puxou um pano de prato sobre o balcão e mandou que ela o mordesse para suportar a dor. O suor escorria da testa da jovem aos borbotões, e foi naquele cenário caótico que a criança nasceu e chorou pelas mãos de Natasha.

Ela se sentiu emocionada com aquela pequena criatura frágil em suas mãos. Depositou-a com cuidado no colo de Kim. Encaminhou-se até a gaveta de facas, encontrou uma tesoura. Acendeu o fogo, esquentou-a na chama para tirar possíveis bactérias e, depois, cortou o cordão umbilical. Não sabia se era certo o que fazia, apenas seguia seus instintos. Correu até a área de serviço, pegou um prendedor de roupas e prendeu a ponta do cordão. Sentou-se no chão da cozinha, onde o silêncio finalmente tornou a reinar. Olhou para o lado: os miolos de Guion tingiam toda a parede. Levantou-se e passou por cima do homem morto, deixando mãe e criança deitadas no chão da cozinha.

Encaminhou-se ao hall, onde encontrou Gertrudes morta em uma poça de sangue, com o pescoço totalmente dilacerado. Era possível ver parte do interior de seu corpo pela fenda do pescoço. Diferentemente da morte de Guion, não teve tristeza em ver a serviçal morta; apenas lamentou, pois sabia que não mais seria servida desse momento em diante. "Enfim", pensou, "éramos como uma alcateia de lobos malditos, com exceção dessa senhora, que não foi salva por suas orações e crenças".

Sabia que Kim mal teria forças para subir até o quarto, mas era preciso dar um jeito naqueles dois cadáveres e limpar o sangue, e teria de fazer isso sozinha. Guion devia ser pesado, não tanto quanto Gertrudes, e imaginou qual seria a alternativa menos fatigante. Arrastá-los para o mirante e lançar penhasco abaixo seria a alternativa menos insalubre, mas não teria forças para isso; no máximo, os arrastaria para fora e os deixaria apodrecerem ao ar livre. E assim o fez: conseguiu arrastá-los até a frente da mansão e os deixou ali para apodrecerem.

Até o momento do nascimento da criança, o destino de Natasha era apenas uma suposição; mas, agora, tudo se tornava real. O curso da história se concretizava.

Capítulo XIV
Sede de sangue

Sentada no hall, Natasha observava a atividade dos urubus pela vidraça. Era seu aniversário, pensou. Os bichanos gradativamente iam perdendo o interesse nos cadáveres, já em estágio avançado de putrefação. A exposição dos corpos e a alimentação desenfreada dos necrófagos aceleravam o processo e, agora, restavam apenas as ossadas. De tão leve, ela poderia facilmente puxar a mortalha que restara para o abismo, mas tinha um prazer sádico em olhar para eles. Fantasiava que ainda tinham vida e conversavam com ela. Sempre gostara de coisas mórbidas, ambientes góticos, cores escuras, sombras e sangue; e criaturas híbridas e elementais, como vampiros, sempre a fascinavam. Agora, quando se olhava no espelho, se parecia mais do que nunca com uma entidade: estava mais pálida e passava um batom vermelho sangue que contrastava com a epiderme desbotada. Sentia saudades de seu tom de pele saudável; agora, tinha uma aparência doente, mas ainda assim sexy.

Bifes crus não a saciavam mais, e ela se perguntava onde isso tudo acabaria. Sentia falta de Raul Rubbo e de seu psiquiatra. Estar com Kim era como estar sozinha; as duas se repeliam, um lar só pode ter uma rainha. Refletia enquanto observava um urubu retardatário bicando um naco de carne no osso exposto de um dos cadáveres.

Natasha encaminhou-se ao quarto de Kim e entreabriu a porta. O bebê mamava no seio esquerdo da mãe. Kim o chamou de Raul, o nome do pai. Natasha não discordou disso, embora não tivesse sido ela a escolher o nome da criança. Ver a verdadeira mãe alimentando sua cria a enchia de ciúmes e raiva. Se enfureceu ao ver a genitora passando a mão na cabeça de sua cria, com todo carinho. O bebê lembrava o pai. A mãe fazia questão de colocar a anfitriã em seu lugar, demonstrando o tempo todo que a mãe era ela.

Quando Natasha entrou no quarto, Kim disse:

– É sério! Eu vou embora com o meu filho quando tudo isso terminar – ela brincou com a criança, acariciando-a. – Eu me apeguei a ele. Toda essa pandemia, esse distanciamento social e essas tragédias me fizeram refletir melhor sobre meus atos. E eu me apaixonei por Raul, sinto falta dele e sei que você sente também. O pequeno Raul me lembra ele, entende?

– Eu dobro a oferta. Um milhão de reais, livre de impostos.

– Não.

– Vai morrer na merda! É isso o que quer? Que seu filho viva na merda? Eu salvei sua vida!

– Seu dinheiro não compra tudo. Mas você pode adotar uma criança, pode até fazer igual algumas celebridades e fazer um marketing em cima disso. Pode fazer um tratamento para engravidar e ter seu próprio filho. E, em último caso, sempre existem os cães.

— Você fodeu com o meu homem, ainda diz que o amou, come da minha comida e tira com a minha cara! Não é mulher o suficiente para cumprir sua parte do trato. Mas, se quer assim, tudo bem. Pode ir embora quando tudo isso terminar.

— Eu te peço desculpas por isso. A minha intenção inicial era mesmo vender a criança, mas as coisas mudaram. Agradeço por nos ter salvo de Guion, mas, veja bem: você está doente, é hora de cuidar de si mesma. Eu provavelmente sou assintomática, mas o meu filho não pode correr esse risco.

Ao término da conversa, Natasha se retirou do quarto e encostou a porta. Kim tirou um cochilo...

Dormiu pouco mais de uma hora e, quando acordou, deu falta do bebê. Seu coração acelerou. Desceu as escadas com dificuldades devido ao pós-parto e encontrou Natasha sentada em uma cadeira com o seio direito exposto, tentando em vão dar de mamar para o bebê que a rejeitava.

— Você é ridícula! Vai contaminar a criança! Está ficando mais louca do que já é! — Kim deu uma risada debochada. — Acha que vai sair leite daí? Ou você é burra, ou louca, ou muito ingênua.

Com instintos felinos, tomou a criança de volta e subiu para o quarto. Colocou o pequeno Raul no berço quando sentiu a presença de Natasha às suas costas. Quando se virou, viu que ela continuava com o seio à mostra.

— O que quer agora, Pandora?

Natasha desferiu a faca amolada no pescoço de Kim e abriu um sorriso enquanto o sangue descia rápido, gorgolejante. A garota perplexa caiu na cama, sufocada por seu próprio sangue, a mão estendida em direção ao berço, em vão. Antes mesmo que a jovem mãe desfalecesse e seu coração parasse de pulsar, Natasha debruçou-se sobre a jovem e bebeu de seu líquido quente, brotando diretamente de sua jugular. Sua sede de sangue estava exacerbada. Bebeu até se saciar enquanto se despia. Indiferente ao choro sentido e instintivo do bebê, tingiu-se de vermelho e se chafurdou na cama empapada de escarlate. Sentia-se revigorada, hidratada pelo que tingia sua pele empalidecida...

Capítulo XV
Trajeto perigoso

Os distintos senhores passaram duas semanas debatendo a necessidade da partida de padre Bruno, mas chegara o dia: ele seguiria em busca do espelho.

– Vou destruí-lo!

– Não faça isso – ponderou Abdalla. – É um artefato mágico, pelo que dizem, e tem um longo histórico cultural. O melhor a se fazer é trancafiá-lo, tirá-lo do alcance dos curiosos. Cubra-o com uma manta e traga-o intacto para nós.

– Se não for possível trazê-lo – disse o monsenhor, com ar profético –, tente escondê-lo. Em último caso, se estiver afetando sua sanidade, aí sim deve destruí-lo! Sempre me perguntei o motivo de ter confiado a você o segredo da possessão de irmã Lúcia; talvez, seja um chamado de Deus. Como sabe, ainda sou contra a sua ida, mas não vou te negar isso. Enfim, vou te mostrar algo que descobri.

Abdalla demonstrou certo desconforto com a última fala do monsenhor. Ficou observando o senhor pegar uma caixa com peças de madeira, que despejou sobre a pequena mesa de centro. Cada uma das madeiras representava uma letra. Era um brinquedo pedagógico, vindo da creche desativada dentro do prédio. Começou a formar uma frase:

"Conur – Baen – Notre"

– Essa foi a primeira frase enigmática que a irmã disse em seus momentos de agonia – afirmou o monsenhor Leo.
– Logo descartamos que fosse algum idioma – complementou Abdalla.
– Essa foi a frase mais fácil, trata-se de um anagrama. Observando e lendo repetidas vezes, consegui enxergar aí o nome do irmão dela: "Urbano". Por eliminação, foi fácil formar a outra palavra: "encontre". Ou seja, ela expressou o desejo de rever o irmão em seu leito de morte. Creio que seja isso.

O monsenhor puxou as sílabas UR-BA-NO e EN-CON-TRE; depois, alterou a ordem das palavras, demonstrando com satisfação sua descoberta detetivesca. Bruno complementou:

– Mais uma prova de influência. Provavelmente, a irmã deve ter lido o livro *O Exorcista*, de William Peter Blatty ou visto o filme de William Friedkin. E, assim como a personagem Regan falou ao contrário, ela tentou ser mais criativa e falar em anagramas.
– É possível – reiterou o monsenhor. – Vamos ao próximo desafio: esse me tirou boa parte da madrugada – disse ele, começando a formar a frase seguinte em cima da mesa com os bloquetes:

"Sebru – Trali – Haxas – Dasn"

– Quebrei bastante a cabeça com essa frase. O que me saltou os olhos foi a palavra "bruxas" e, depois, o numeral "três". Por fim, por eliminação, ficou mais fácil. *"Ali-Ha-Dasn",* "alinhadas".
Montou a frase da forma correta em cima da mesa. Bruno leu em voz alta:
– "Três bruxas alinhadas".
Bruno se recordou de seus sonhos com três mulheres amarradas em toras, prestes a serem queimadas. Monsenhor Leo continuou sua tese:
– Compreensível, pois a bruxaria esteve presente em toda a sua vida. Mas não sei ao certo o que ela quis dizer nem se fala do presente, passado ou futuro. Bem, temos que levar em conta que ela estava em delírio.
Então, o monsenhor começou a formar a terceira e última frase com os blocos de madeira:

"Japri – Monge – Laito – Seode"

– Essa é a frase mais difícil. Tenho certeza de que a palavra "monge", entrou só para confundir a nossa mente. Formei várias palavras: "primo", "lago", "sede", "gelo"... Eu poderia ficar aqui um bom tempo enumerando as palavras, mas nada de concreto se formou. Estou quase ficando louco. Olho de tempos em tempos, isso se tornou uma obsessão que beira o infantil. Essa foi a última frase dela; deve ser a de maior relevância e não consigo achar um sentido. E ainda temos uma espécie de poema ou cântico que ela falou logo no início.

"Derna... Asni... Cen
Mar... Rit... Tress
Nevem... Granu...
Vota... Nolo... Recu... Cep."

O padre Bruno anotou as sentenças em uma caderneta.

– Prometo que vou pensar em algumas sequências. Podíamos apostar algo, o que acham?

– Aposta não é coisa de Deus, padre – disse Abdalla, com um sorriso irônico. – Mas, se quer apostar, prefiro que seja sobre você conseguir ou não trazer o espelho.

Bruno se despediu dos dois intelectuais, que lhe desejaram boa sorte. Entrou em um carro branco e tomou as ruas. Tudo estava silencioso e deserto. Por duas vezes, ouviu barulho de motor de um carro grande se aproximando; por precaução, desligava o carro e se abaixava. Eram veículos do Exército. Bruno os evitava para não ser impedido de cumprir sua missão. A adrenalina do momento o fazia se sentir vivo, longe das carolas chatíssimas e daquele ambiente sacro. Ali fora estava a vida real, e ele tinha dois grandes estímulos: conhecer a grande celebridade Pandora e retomar o espelho amaldiçoado.

Bruno estava numa das principais avenidas da Gávea, a Padre Leonel Franca. Um carro do Exército parou a poucos metros do dele e ficou ali por um bom tempo, não parecendo ter pressa para partir.

O padre ficou escondido no carro por quase uma hora, e um sono sobrenatural se apoderou dele. Imaginou o para-brisa do carro obscurecendo, um líquido preto se espalhando, descendo pelo volante e tomando seus braços. O líquido serpenteava sobre ele, tornando-se dedos e ligamentos; e o toque, antes quente, agora estava frio e gélido. Uma face foi se formando no quadro-negro à sua frente. Não era bem delineado, mas ele sabia: era a irmã. Ela falava com ele em pensamento: *"Sabe que é tolice. Nunca vai voltar!"*.

Barulhos de gemidos femininos assolaram o carro; o líquido preto serpenteou para as partes baixas, enroscando-se em seu membro ereto.

Bruno acordou de seu sono com a face no volante do carro, tocando a buzina sem querer. Gritos lacerantes vieram de uma rua adjacente. Ele tentou se recompor rapidamente; o barulho da buzina deveria ter atraído algo, fosse o que fosse. Como tinha se permitido dormir, em um sono quase sobrenatural?

Foi quando um homem-lobo surgiu, dobrando a rua, correndo feito um quadrúpede, enlouquecido, boca espumante, se contorcendo e girando feito um pião. Seus gritos faziam eco na cidade vazia. Como por instinto, ele veio em direção ao carro, feroz, e bateu contra a lataria. O padre baixou a trava do veículo e tentou se esconder; depois, buscou girar a chave na ignição e, em meio ao desespero, deixou-a cair no assoalho do carro. O homem-lobo desferia a própria cabeça contra o vidro lateral e, depois de quatro batidas furiosas, sua cabeça adentrou o vidro estilhaçado. Parte do vidro fez um rasgo bem no meio da face da criatura, quase partindo o seu nariz. Ele se contorcia e urrava, babando sangue e saliva no veículo. Embora estivesse presente no ataque do rincão, Bruno nunca tinha visto um homem-lobo tão de perto.

Conseguiu encontrar a chave, girou-a na ignição e ligou o carro, partindo com a criatura presa à porta. Depois de arrastá-la por alguns metros, ele freou. Deixou o carro em ponto-morto e deu um chute certeiro na face do doente, que caiu no asfalto e levantou-se novamente. Bruno arrancou com o carro. O homem-lobo começou a correr em vão atrás do veículo e logo saiu de vista no retrovisor do padre.

Percorreu por longas horas sem interrupção com o carro, passando por alguns poucos carros nas ruas. Ainda estava abalado. Nunca havia visto um homem-lobo em toda a sua ferocidade tão de perto, apenas em vídeos. Mesmo durante o ocorrido no rincão, ele não estava próximo; protegido por uma escolta policial, foi um espectador a distância.

Na saída do Rio de Janeiro, foi obrigado a encostar o veículo em uma barreira do Exército. Os soldados usavam máscara de proteção; logo, o padre Bruno colocou sua máscara, já que era uma exigência. O soldado observou o vidro estilhaçado:

– O que houve? – perguntou o soldado.

– Sofri um ataque de um homem-lobo há alguns quilômetros.

– Foi mordido ou arranhado?

– Não.

– Desce do carro, mãos para cima, e vire de costas.

O padre desceu, levantou as mãos e virou de costas. Foi revistado e mediram se estava com febre, o que não foi detectado.

– Documentos.

O padre entregou os documentos ao soldado.

– Qual sua profissão?

– Sou padre. Minha vocação.

– É proibido ir e vir. Está fazendo o quê nas ruas? Igrejas não fazem parte dos serviços essenciais. Como vê, está perigoso aqui fora. Por mais que estejamos no controle, sempre há um caso novo que precisa ser contido.

– O que estão fazendo com os homens-lobo?

– Estão em tratamento – o soldado titubeou... – Enfim, para onde está indo?

– Estou indo para o litoral de São Paulo. Ilhabela. Uma missão especial da igreja. Na antiga Ilha das Freiras.

– Sabe que é impossível chegar lá. As balsas não estão funcionando. Ninguém entra ou sai da cidade, muito menos dessa ilha específica.

– Vou ver se algum caiçara pode me alugar uma embarcação.

– Me desculpe, padre, tenho respeito por ti. Não sou um católico muito praticante, mas sou mariano e respeito a instituição. Mas não posso te deixar seguir. Vamos te levar de volta e em segurança até o seu ponto de partida – o soldado olhou o documento. – Bruno de Lira? Você é aquele padre cantor?

– Sou eu mesmo.

– Quase não te reconheci com a máscara! – o soldado se tornou mais acessível. – A minha mulher é sua fã, vai enlouquecer quando souber disso. Posso tirar uma foto com o senhor?

– Claro!

O soldado tirou uma selfie com o padre.

– Se soubesse que passaria por aqui, teria trazido um DVD ou um livro para o senhor autografar.

– Não seja por isso – o padre entrou no carro e pegou a sua maleta, tirando um livro e uma caneta do bolso. – Qual é o nome da sua esposa?

– É Júlia, mas coloca o meu nome e o dela. Júlia e Carlos.

– OK, Carlos. Prontinho!

– Padre – o soldado pegou o livro. –, eu vou te deixar seguir, mas tem que prometer que vai direto para o seu ponto de destino e ficar quieto por lá. E tome cuidado!

– Fica com Deus, Carlos!

E o padre partiu rumo à Ilha das Freiras...

Capítulo XVI
Solidão

Desde a morte de Kim, Natasha contemplava a solidão e sua imersão nas trevas. Começou a prestar atenção em detalhes, como uma coruja branca, que toda noite a visitava, pousada na copa de uma árvore, com vista adjacente ao hall central. Esvaziar garrafas de vinho sem ter com quem conversar não tinha a mesma graça. Sentia falta das conversas com Guion, do sexo de Raul, até mesmo das rixas com Kim e dos guisados de Gertrudes.

Olhava para o bebê e não sentia nenhum afeto. Algumas mulheres não nasceram para ser mães; ela sempre desconfiou disso; agora, tinha certeza. Chegou a desejar que Kim ressuscitasse para cuidar daquela pequena alma. Se ao menos Gertrudes estivesse viva, daria esse encargo a ela. Trocar fraldas sujas era o fim da picada. Supria a criança com sua alimentação básica e, durante o dia, a ninava em seu colo. Gostava dessa parte, compartilhava desse afeto, mas se irritava profundamente quando a criança começava a chorar, talvez por uma cólica, algumas vezes por manha de recém-nascido. Natasha não tinha suporte psicológico para cuidar dela própria, muito menos do pequeno Raul. Durante a noite, ela fechava todos os compartimentos e portas possíveis para isolar o choro da criança. Entrava no quarto mais distante da casa e deixava que o bebê chorasse até cansar e dormisse. Com o tempo, o bebê passou a chorar menos, ao notar que ela não viria em seu socorro.

Quando Kim foi morta, algumas semanas antes, Natasha repetiu o mesmo procedimento dos outros cadáveres: arrastou-a para fora da casa e deixou que seu corpo apodrecesse. Os urubus, os animais da mata e os próprios vermes dariam conta da carne rija até sobrar somente a mortalha.

Sua sede de sangue se intensificou nos dias seguintes e ela arrependeu-se amargamente de não ter recolhido o sangue de Kim para consumo posterior. Por sorte, havia na ilha algumas galinhas que ela matava aos poucos, mas o sangue passava longe do néctar humano. O método era o mesmo de um felino: embora nas primeiras vezes tivesse utilizado um cutelo para decapitá-las, sentir a vida se esvaindo ao morder o pescoço das aves trazia-lhe memórias da morte de sua adversária. Ela se regozijava mais com a morte dos animais do que com o próprio sangue, aguado e sem qualidade. Tinha se tornado um monstro. Sentia-se cada dia mais fraca, mais pálida.

"Talvez fosse melhor partir". Guion levaria a culpa pela morte de Kim. Natasha ainda sairia como heroína por ter adotado a criança sobrevivente.

Podia fazer sinal de fogo, encarar o oceano a nado ou ficar como sentinela, esperando um barco passar, e pedir ajuda. No fundo, sabia que não devia partir, e sabia que lá fora estaria tão ruim quanto a ilha. Afinal, há tempos de paz e tempos de guerra, tempos de bonança e de fome. Tinha alimento o suficiente para muito tempo, embora não tivesse vontade de comer nada do seu estoque; e ainda esperava por um evento inevitável. No fundo, sabia o que seria seu destino.

Sentou-se no sofá persa do hall e começou a recordar suas memórias: momentos marcantes de seus shows, dos bastidores, de seus familiares. Uma nova canção se formava em sua mente; poderia lançar um novo álbum quando saísse dessa quarentena. "Está fazendo falta, Max!", pensou com carinho em seu conselheiro. Sua imersão foi além, relembrando momentos de sua infância. Naquela época, já era uma pessoa fora da curva. Todas as crianças nas fotos sorriam, e ela sempre estava séria. Já estava entorpecida. Encaminhou-se ao espelho da sala, olhou seu reflexo. Estava cansada de sua imagem. Não era ela uma camaleoa? Estava na hora de mudar, mais uma vez.

Pensou em diminuir o volume do seu cabelo. Com o auxílio de uma tesoura e um pente, ela mesma cortou algumas mechas. Essa desordem dava um charme. Na sequência, tingiu seus cabelos de azul e gostou do resultado.

Foi à cozinha e esquentou o leite preparado para a criança com os nutrientes. Alimentou o bebê, trocou sua fralda cheia de bosta. Não o veria nas próximas doze horas – o tempo que levaria sua planejada viagem psicotrópica. Agasalhou o pequeno, fechou a porta e encaminhou-se ao quarto mais afastado.

Natasha cantarolava uma canção improvisada. Não buscaria os psicotrópicos de Raul, pois tinha seus próprios unguentos. Embora nunca tivesse necessitado de drogas – pois pessoas com seu perfil de personalidade são apegadas demais à realidade para se entregar a abstrações derrotistas –, ainda assim algo a puxava espiritualmente para baixo, num momento em que sua fortuna e seu talento se reduziam a uma carga de responsabilidades da qual ela desejava se desfazer...

> *Joias, ouro, pratas e flores...*
> *Perfumes, incenso...*
> *Ó, aranha vampira!*
> *Desperte dos nove abismos...*
> *Da arte negra e vampírica...*
> *Desperte dos nove abismos...*
> *Felina selvagem...*
> *Senhora dos meus sonhos...*
> *Ó, matriarca... Veni! Veni! Veni!*
> *Ó, dama da noite...*
> *Divina senhora...*
> *Dos ventos e tormentas, na Suméria...*
> *De seios bem formados e suculentos*
> *Íncubos... Súcubos...*
> *Ó, Cibele, Afrodite, Hathor, Kali, Demeter, Amaterasu...*
> *Joias, ouro, pratas e flores...*

Natasha pegou o LSD em sua maleta, colocou o papel sob a língua. Queria ver até onde o doce a levaria. Naquelas circunstâncias, já esperava por uma *bad trip*, mas faria qualquer coisa para eliminar a culpa que sentia. Deitou-se no chão e fechou os olhos...

Não soube ao certo se passou apenas meia hora, talvez pudesse ter sido o triplo disso. Seu coração começou a bater forte, dentro do que parecia uma caixa oca. Os 25 miligramas do sintético começaram a fazer efeito. Tateava o chão, que parecia se integrar a ela; afinal, tudo era o mesmo DNA, não era? Agora, ela compreendia: tudo era parte de uma só coisa. Abriu os olhos; estava com as pupilas dilatadas e com sudorese, excitada. Quente e frio se alternavam. Seca por um pouco de água, o amarelo do sofá era convidativo e tinha um cheiro característico de algo de sua infância. Sentia-se tão leve que poderia voar, levitar. Era a fuga da realidade que pretendia. Guion estava no sofá, olhando-a com sarcasmo, enquanto sentia o cheiro do vinho que bebericava, parecendo não se importar com as rótulas explodidas de seu joelho ou o rombo de doze em sua cabeça.

"Você é de matar, Pandora!"

O choro do bebê estava estridente, começando a derrubar o reboco da parede. Kim, apodrecida, com seu seio lactente exposto, estava em pé no canto da sala choramingando, com a face putrefata colada contra a parede.

"Você tirou ele de mim, sua vaca!"

Natasha queria reencontrar Raul, mas ele não apareceu, nunca mais. Quis chegar à vidraça, mas o chão estava desnivelado. Tinha dúvidas se pisava no chão ou no teto da residência. O choro do bebê era como farpa que feria seu ouvido. A voz da freira a chamava:

"Venha!"

Com dificuldade, praticamente se rastejou até o porão da porta de ferro. Sua visão ficava turva e fechada, feito um cavalo usando trava; só enxergava o que estava à frente, não mais o periférico. A escuridão se movimentava, sombras se moviam para cima, para baixo, para os lados. O espelho convidativo, à sua frente, era a única coisa em seu campo de visão. Podia jurar ter vislumbrado no reflexo uma moça ruiva, apenas um vulto. O cômodo escuro deu um giro de 360 graus na horizontal e na vertical, e o pânico tomou conta dela. Queria apenas sair daquela condição de vulnerabilidade, mas não podia: era prisioneira dos riscos histéricos de uma bruxa que a puniam.

Natasha fez o que nenhuma pessoa deve fazer sob efeito de psicotrópicos: fitou seu próprio reflexo no espelho, com seu ego suspenso. Começou a se tocar. Tudo era amplificado pela droga, agora podia ver. Não pôde deixar de notar sua tamanha beleza: seus lábios suculentos, a vivacidade de seus olhos, podia observar até mesmo os microporos de sua pele. E, como se olhasse por um microscópio, pôde notar o que estava oculto: uma pequena fissura em sua testa. Sim, levantando a sua franja pôde notar: não era uma, mas duas saliências. Seriam chifres querendo nascer? Sua pele parecia mais áspera e escamosa. Então, levantou sua blusa, pois sentia uma saliência nas costas; não apenas uma, mas duas fissuras na vertical. O que seria aquele corpo estranho? Então, o seu reflexo parou de responder aos seus movimentos. Natasha sorriu enquanto aquela que estava no reflexo à sua frente estava séria. Sim, ela conhecia aquela que estava do outro lado.

"Pandora!"

Refém da terceira dimensão, Natasha parecia não ter forças para contrapor a entidade etérea que se materializava com a solidez do concreto bem à sua frente. Se por um momento a moça tinha achado que aquele conflito improvável não passava de uma ilusão perene, ela mudou de ideia ao ter o pescoço envolvido por dedos que se assemelhavam aos seus, mas eram feitos do material que preenche os pesadelos. O sufocamento era iminente, e o que mais a abalava era a compressão sobre suas cordas vocais, sua razão de existir. Preferia ser estapeada a sentir sua traqueia ser espremida e seus pulmões falirem.

Foi um ritual que durou uma eternidade: ali ocorria o nascimento físico de Pandora, não por um ventre materno, mas pela morte por asfixia de uma jovem que até então possuía algum resquício de ser digna e honrada.

As mãos de Natasha, em estado de agonia, tocavam o espelho mesmo contra a vontade dela; e agora ela estava unida a Pandora naquele quarto negro. Agora, as duas pareciam gêmeas siamesas e brigavam, disputavam território com uma diferença brutal. Natasha, entorpecida, apanhava feito criança de seu *alter ego*.

E Pandora estava sóbria...

E mais forte do que nunca...

Capítulo XVII
O padre e o pescador

Na entrada de São Sebastião, Bruno se deparou com outra blitz, ainda maior. Ele não se arriscaria: as chances de encontrar outro fã de seu trabalho eram pequenas, e ele poderia colocar tudo a perder na reta final. Parou o carro no acostamento e foi adentrando a mata fechada, tentando furar a barreira a pé – e deu certo. Assim que passou pela barreira, retomou a estrada, pensando consigo mesmo que aquela caminhada atrasaria a sua chegada à ilha.

Quando chegou próximo à área desativada da balsa que levava a Ilhabela, também cheia de policiais, continuou sua caminhada seguindo a orla da praia, buscando uma forma de chegar à ilha.

Já no crepúsculo, encontrou uma casa de pescador, bem simples. Avistou também uma canoa amarrada na beira da praia. Sentiu-se tentado a entrar nela, mas não achou certo levá-la sem permissão; e, de qualquer forma, precisava dos remos.

Um cão caramelo latia incessantemente, a corrente se arrastando e esticando. Ele sabia que era só graça, pois cães caramelos sempre são bons cachorros; mas aquele fazia menção de querer atacar o padre. Estava furioso e espumante. "Teria esse cachorro sido contagiado pela peste?", se perguntou. Circundou a pequena casa; a porta dos fundos dava para a cozinha e estava aberta.

– Alguém em casa?

Não obteve resposta. Adentrou com cautela. Passou pela sala e ouviu barulho no quarto, um som característico de corrente: seriam mais cães? Abriu a porta de taipa, que fez um rangido de coisa velha e encarquilhada, e a criatura veio em sua direção, raivosa e espumante.

Preso a uma corrente grossa, fixada na parede e atada à sua cintura, o homem-lobo gania e tentava furiosamente alcançá-lo, com esgares de fúria e olhos injetados de sangue. O coração do padre palpitou. Encostou-se na parede oposta até perceber que estava a salvo, já que a corrente restringia o doente naquele espaço. Foi quando um pescador apareceu na porta do quarto.

– É o meu irmão, moço. Eu mesmo o prendi até descobrirem a cura.

– Tem um número do governo. Você pode ligar nesses casos, eles vêm resgatá-lo.

– Ouvi dizer que estão matando todos os homens que foram contaminados com a peste. E, de toda forma, o nosso telefone está cortado.

– Soube que a comunicação está voltando ao normal e que estão pretendendo flexibilizar a quarentena, embora ainda não tenham a cura – respondeu o padre, falando difícil como de costume.

– Mas quem é o senhor? E o que está fazendo na minha casa?

Ambos saíram do quarto, onde os ganidos interferiam na conversa. O pescador fechou a porta para abafar os urros e convidou o padre a se sentar em uma banqueta de toco de árvore, no quintal de terra batida.

– Eu sou o padre Bruno e tenho uma missão: preciso chegar à Ilha das Freiras.

– É impossível, moço! Só quando liberar a balsa. O nosso direito de ir e vir foi ceifado, seu padre. Principalmente aqui, foi podado. Para o senhor ter uma ideia, os moradores estão ilhados e não podem sair de lá. E o povo que está de fora continua pagando imposto, mas, também, não pode entrar. Os donos de hotel e casas de veraneio estão todos quebrados. Ninguém pode entrar em Ilhabela por causa do tranca-rua.

– *Lockdown*.

– Isso aí.

– Vi que o senhor tem uma canoa. Preciso ir à Ilha das Freiras.

– É loucura! Olha só – o homem o levou para fora da casa e apontou na direção da ilha. – Se navegar até aquele ponto distante, vai chegar à ilha, mas não à Ilha das Freiras. Ainda vai ter que navegar ao norte por algumas horas. O mar é brabo durante a noite, a chance de virar o bote é alta e o frio é cortante. Mas é a sua única chance. Se tentar trafegar durante o dia, a Guarda Costeira vai te impedir, não tenha dúvidas.

– Você pode me guiar? Eu tenho dinheiro, posso te pagar!

– Nem ferrando!

– Pode me alugar o bote?

– As chances de o senhor voltar com o meu bote são quase zero.

- Eu o compro – o padre tirou quinhentos reais do bolso.
- Pode me vender?
- Esse bote vale no mínimo dez vezes esse valor – pegou o dinheiro do padre. – Mas, como estamos praticamente passando fome, pode levar. Eu sou um bom samaritano, padre, ainda não fiz minha boa ação de hoje.
- OK.
- Mas te digo: tem chance de morrer. E o senhor precisa esperar a noite cair para partir.
- Tudo bem.
- Está mesmo querendo ir, não é?
- É uma missão importante.
- O senhor vai precisar de remo – afirmou o pescador.
- Onde estão?
- Os remos não estão incluídos no preço, seu padre.
- Ah, é?

O padre tirou mais duzentos reais do bolso.

- Ah, isso paga – o pescador colocou o dinheiro no bolso. – Acho perigoso ir sem um colete e uma bússola. E olha só, eu tenho – o homem pegou os itens e abriu um sorriso, mas não os entregou ao padre.
- Já sei, não estão inclusos.
- Infelizmente, não, seu padre. Sabe como é, consegui com dificuldades, uma vida de trabalho.
- Ah, claro – Bruno vasculhou os bolsos e tirou seu relógio. – É tudo o que tenho, você me depenou.
- Não diga isso, seu padre – o homem pegou o relógio e o restante do dinheiro. – Se o senhor conseguir voltar, compro tudo de volta pela metade do preço; o que o senhor acha?
- Acho uma ótima ideia!

— Não vou deixar o senhor partir sem tomar um café. Aqui, não entra visita sem a gente servir um café. E eu trato muito bem as visitas, viu?

O pescador o levou até a lateral da casa, onde a água borbulhava na chaleira, sobre uma fogueira improvisada com uma murada de tijolos. Na panela ao lado, havia pinhão sendo cozido; pareciam baratas sendo escaldadas. O homem coou o café em um pano que parecia ter, no mínimo, uns cem anos, assim como a touca que ele usava na cabeça. Olhou para o padre e sorriu:

— Esse é o segredo de um bom café. Tem que ser forte, nunca fraco, ou vira um "chafé", concorda? E coado no pano, nada dessas merdas de papel. E não deixe a água borbulhar, nisso eu errei. Culpa sua, seu padre. Queima os grãos torrados, nada bom! Melhor que isso, só se for coado na cueca, e com freada de bicicleta.

Fez-se um silêncio, e o homem humilde explodiu no riso de sua própria piada, deixando evidentes os dentes apodrecidos e o hálito de cachaça — habitual para aquecer o frio de quem vive às margens de um local descampado, em uma vida aparentemente solitária.

— Ficou assustado, seu padre? — com a ajuda de uma colher, o homem pegou um pinhão quente e ofereceu-o ao visitante. — Come, é bom!

Bruno não fazia ideia de como comer um pinhão. O pescador achou graça da situação e se colocou no papel de um sábio, ensinando como abrir um pinhão para o consumo: bastava apertar a sua base para ele ser expelido pela outra ponta. O orgulhoso padre deu seu jeito, mordendo a ponta e conseguindo êxito. O gosto era bom, embora parecesse meio insalubre devido à panela velha queimada pelo fogo.

— Faltou força na mão, seu padre. Essas mãos aí nunca pegaram numa enxada.

Ao notar que o padre olhava muito para a panela velha, o pescador se justificou:

— Não esquenta, seu padre. A água fervente purifica qualquer coisa.

O homem colocou o café em uma garrafa pequena e entregou-o ao visitante.

— Leva esse café com o senhor.

— Você tem outra?

— Não tenho, mas o senhor vai precisar mais que eu. O frio é cortante no alto oceano e isso vai te aquecer. Ah, e isso também — o homem pegou uma garrafinha de cachaça e ofereceu-a ao padre.

— Eu não bebo isso, mas agradeço a intenção.

O homem forçou-o a pegar a cachaça.

— Acredite, o senhor vai precisar disso para se aquecer. Não seja tonto, o café e a cachaça são cortesia da casa. Vai te aquecer por dentro, te proteger, acho que até da peste. Meu irmão não bebia, por isso pegou essa desgraça. Isso é um santo remédio, é anestésico até. Se o senhor se machucar, uma encharcada disso mata qualquer bactéria. É, seu padre, já está escurecendo, acho que está na hora de o senhor partir — o pescador olhou-o pensativo. — Estou sendo bondoso demais, mas, com essa roupa de grã-fino, o senhor vai congelar — o homem pegou um capote encarquilhado e jogou-o sobre Bruno, que o aceitou, meio contrariado. — O senhor vai me agradecer, seu padre. Vai ser Deus no céu e eu na Terra quando o senhor tiver em alto-mar.

O padre desceu a pequena estrada barrenta rumo à canoa; o pescador o ajudou a virar o bote e segurou a corda para que ele entrasse. Entregou a ele os remos e o colete.

– Se cair no alto-mar, não tente dar braçadas. É melhor boiar e deixar a maré te levar. E lembra: sempre ao norte. Siga a bússola.
– Obrigado, meu amigo. Qual o seu nome?
– Alaor. Tem certeza que quer ir? Se quiser, pode dormir aqui.
– Eu preciso mesmo ir.
– Boa sorte, seu padre! – o homem acenou enquanto a embarcação se distanciava. – Vá com Deus!
– Igualmente! – o padre devolveu o aceno e foi sumindo na imensidão do mar.

O que o pescador disse se concretizou: a escuridão chegou, em uma noite sem lua, onde não se via muito além do horizonte. Céu e mar faziam parte de um mesmo negrume, e o único ponto de luz era um lampião que o pescador lhe entregara junto aos outros pertences. O frio era cortante em alto-mar; ele entornou rapidamente toda a garrafa de café, e o vapor exalava de sua boca no frio da noite. Começou a encarquilhar; o frio quase lhe causando uma hipotermia, os lábios congelados, as mãos aquecidas embaixo do capote milagroso. A cachaça foi como um maná sagrado que realmente o salvou do frio. As goladas intercaladas desciam queimando, e o entorpecimento quase o deixou confortável.

A noite trazia silvos demoníacos do vento sobrevoando sobre a água, e ele já não sabia ao certo se estava indo na direção correta. Começou a cogitar a sua própria morte, mas sua fé foi reavivada, ao menos naquele momento, por orações que não conseguia finalizar. A mente já estava embaralhada. "Isso é obra do trocadilho", pensou. Agora, eram só ele e a noite. Os silvos pareciam chamá-lo; seria alucinação? Estava obviamente tendo distorções visuais.

"Vai morrer!"
"Delira!"
"Venha!"

O mar começou a ficar revolto, e a maré alta parecia querer engolfá-lo. A bússola começou a girar em falso; em suas fantasias, um gigante se moldou na água do mar, com chifres demoníacos, abrindo a boca para engolir a embarcação. Bruno lutava para não sucumbir a uma profunda sonolência. Talvez fosse o efeito do álcool em um homem não acostumado a beber... Começou a rir descontrolado para desviar o sono. Já tinha perdido a noção do tempo. Enfim, exausto e com o sangue congelado, Bruno adormeceu...

Quando o horizonte se iluminou, pôde ver a Ilha das Freiras. Gaivotas sobrevoavam as rochas. Ele estava a poucos metros e já parcialmente restabelecido. A canoa encostou na margem; ele a puxou para a areia, virou a boca para baixo e colocou uma pedra pesada sobre a carcaça, embora com pouca energia. Começou a subir o desfiladeiro, seguindo por uma trilha tortuosa que levava ao cume íngreme. Após quase uma hora de escalada, atingiu o cume e visualizou a mansão grandiosa.

Uma moça de cabelo azulado estava deitada sobre a estrada de pedra. Percebiam-se as suas formas sinuosas; ela tinha uma altura pouco usual para uma mulher, embora os contornos fossem harmônicos e equilibrados. Mas o que mais chamava a atenção era sua palidez mórbida. Ela olhou para ele; tinha pequenos tremores, a boca ressecada e profundas olheiras. Fitava-o como se fosse uma miragem, como se ele não fosse real. Aproximando-se, ele pode reconhecê-la, e a chamou pelo nome:

– Pandora!

Capítulo XVIII
O oráculo se concretiza

Bruno a pegou no colo e a carregou para dentro da mansão. Ela enlaçou seus braços em torno do pescoço do padre, ainda meio grogue, e se aninhou no peito dele.

– Você é real?

– Não – o homem sorriu. Há um bom tempo não sentia o abraço de uma mulher. Sentia a pele sedosa e delicada dela tocando sua nuca.

– O que você tem?

– Eu tomei ácido. Não se preocupe, já está passando.

Adentrou a mansão, a luz do hall estava acesa, Natasha olhou para o lustre iluminado.

– Você trouxe a luz! Preciso de um banho quente. Pode me levar aos aposentos superiores?

O padre a carregou pela escadaria acima; desconfiou que ela tivesse forças para andar com os próprios pés, mas não era hora de questionar isso. Ela indicou o banheiro; ele a carregou até lá, sentou-a em uma cadeira ao lado da banheira vitoriana. Ele abriu a torneira quente e esperou a água ficar aquecida. Natasha não podia ter outro semblante que não fosse de satisfação.

— Fiquei sem energia por um bom tempo.

— Todos nós, sem energia e sem comunicação — respondeu ele, enquanto monitorava a água subindo de nível.

— E como estão as coisas lá fora?

— *Lockdown* por toda parte. Tive contato com dois homens-lobo. Acredite, é horrível! Apenas o Exército nas ruas. Foi difícil chegar até aqui. Na verdade, também estou precisando de um banho.

— Claro! Pode escolher. Somente nesse pavimento tem três banheiros, mas esse é o melhor, com banheira. Não me importo em dividir.

Não ficou bem claro se o "dividir" seria após o banho dela ou se ele poderia compartilhar no mesmo momento. A cantora ficou em pé e se despiu na frente dele, sem qualquer cerimônia, o que não o espantou. Ela era uma celebridade, uma estrela do rock. Ela já parecia ter recuperado as forças, como se estivesse curada milagrosamente, e adentrou a banheira com água quente.

— Isso é melhor que sexo! Me sinto revigorada!

Ela fechou os olhos por um instante, sentindo a temperatura da água, e afundou seu rosto na banheira, molhando seus cabelos. Depois, jogou os cabelos para trás e olhou para Bruno. Aquele olhar matador que ela tinha, que arrasava qualquer coração.

— Eu sei como é. Tive contato direto com um homem-lobo e provavelmente eu também esteja doente, como pode ver em meu semblante. Aqui não é seguro. Você aparenta estar saudável, está correndo perigo ao meu lado.

– A maioria das pessoas é assintomática, e já tive contato o suficiente para me contaminar, se for esse o caso. Não vou me afastar de você, Pandora.

– Ah, OK. Então, você sabe quem eu sou.

– E quem não sabe? Bem, eu também sou uma figura pública, mas creio que eu não faça parte do seu universo.

– Quem é você?

– Sou o padre Bruno de Lira, sou um cantor, também. Escrevo livros e comando uma paróquia no Rio de Janeiro.

– Nossa, um padre! E eu fiquei nua perto de você – Natasha fez uma careta. – Não tem cara de padre, não mesmo. E o que faz aqui, Bruno? Foi o Max que te enviou?

– Max?

– Maxwell, ele era meu empresário. Achei que talvez ele... – ela ensaboava os braços, seios, desceu o sabonete às partes baixas. – Mas é óbvio que não.

– Está sozinha aqui?

– Sim, mas é uma longa e cruel história.

– Não quis partir?

– Sem bote, sem comunicação e sem um pingo de vontade de sair daqui para enfrentar o pior. Um pouco de depressão também, minando minha coragem. A gente acaba se acomodando, entende?

– Um pescador me ajudou a fazer a travessia. Ele disse que o *lockdown* estava para acabar essa semana e que a febre está controlada. Ou seja, talvez seja uma boa hora para regressar à civilização. Eu vim na clandestinidade da noite e foi muito difícil. Mas, para regressarmos no mesmo bote, podemos fazer isso à luz do dia. Se formos interceptados pela Guarda Costeira, é exatamente o que desejamos. Eles nos levarão à margem em segurança. Tenho apenas um colete, mas dá para ir.

— Colete é o que mais tem aqui. Sua proposta é tentadora... Vou pensar, talvez possamos fazer isso amanhã pela manhã. Já são quase 11 da manhã. Eu preciso me recompor e você também. Já esperei por tanto tempo, posso esperar um pouco mais.

— Claro.

— E tem mais um porém... Não estou totalmente sozinha.

Ouviu-se um choro de bebê a uma certa distância. Era abafado, vindo do fim de um extenso corredor.

— Apenas eu e meu bebê. A travessia precisaria assegurar a segurança do recém-nascido.

Como uma entidade encarnada, ela se retirou da banheira, deixando-o hipnotizado e tenso pela incomum situação. Em sua vida, Bruno havia se arriscado apenas em pequenas aventuras não comprometedoras e até inocentes; portanto, isso estava longe de sua zona de conforto. Sua mente até o permitia ir a horizontes mais além de sua paróquia, mas isso ultrapassava muito sua permissividade. Exotismo nunca fora uma meta de experimentação desse sacerdote, mas os eventos ao redor de si tinham quebrado diversos paradigmas naqueles últimos meses. Uma pandemia inesperada, uma aventura em busca de um artefato mágico, bem ao estilo dos romances medievais cavalheirescos, e o encontro íntimo com uma estrela da música em deterioração mental.

"Que toda essa saga sirva um dia para permear um documentário não autorizado sobre sua vida, Bruno! Tão apegado à realidade e às satisfações egocêntricas, não se sente à vontade numa situação adversa". Sua crença em Deus, que no fundo sempre fora mais uma preguiça intelectual, se via agora afrontada: ele precisava escolher entre deixar-se guiar por um caminho escolhido por Cristo e incompreendido por ele ou se entregar ao simples acaso, uma força externa que ele sempre temera e buscara, sobre a qual ele tinha pouco controle.

— Tome um banho, querido! Vou preparar algo para você comer e depois pode me explicar o que está fazendo aqui. Tem toalha limpa no armário, na parte de baixo.

De forma displicente, ela se retirou do banheiro. Ele precisava mesmo de um banho. Sabia que aquela água podia estar contaminada pela febre, que o certo seria trocá-la e até mesmo desinfetar a banheira. Tocou a água morna: era tão convidativa! Adentrou aquela água mesmo sabendo que poderia pagar caro depois. Embora seu consciente negasse, o inconsciente queria compartilhar dos mesmos fluidos da estrela Pandora.

Após o banho, Bruno desceu a escadaria e encontrou a cantora com o seio esquerdo à mostra, tentando dar de mamar ao bebê. O pequeno negava e chorava, uma cena estranha de se ver. Havia algo de incompatível ali. Ela então desistiu e deixou a criança chorando em um berço; depois, voltou com uma mamadeira, que a criança faminta aceitou de bom grado. Era no mínimo uma mãe imprudente, pensou o padre; se estavam só ela e a criança, não deveria tomar ácido e ficar fora do ar. Mas quem era ele para julgar? Afinal, estavam todos meio enlouquecidos com aquela pandemia.

A criança se acalmou e entregou-se a uma soneca. Sem ter o afago de Natasha, já devia estar acostumada com a frieza dela. Embora não tivesse o costume de servir às pessoas, o fim da solidão lhe deu tanto conforto que, naquela tarde, ela colocou uma toalha sobre a mesa e diversos alimentos prontos para a ingestão, a maioria de comida não perecível. O padre estava esfomeado e perdeu a compostura, devorando salsichas enlatadas e tomando goladas de café com leite em pó. Tentava desvendar o que ela estava comendo em uma cumbuca; pareciam miúdos de algo esponjoso, que não podia ver de fato. Fosse o que fosse, tinha um corante vermelho, pois ele viu o suco escorrer pela boca da jovem. Notou que ela comia contra a vontade, apenas para não padecer de fome; não havia nenhum resquício de satisfação em seu semblante.

– Meu último café da tarde – disse Natasha.

– Eu, como padre, se me permite dizer, sou meio limitado a determinadas obras que possam conter alguma heresia. Então, ler determinados livros e ouvir algumas músicas pode nos incriminar. Mas sempre fui seu fã! Você tem uma voz fenomenal. E, se fosse voltada a glorificar a Deus, certamente cairia fogo dos céus.

– O fogo dos céus é mesmo glorioso, não é? Adoro histórias bíblicas como essa do profeta Elias, que matou de forma covarde aqueles indefesos sacerdotes pagãos, que veneravam a Baal – ela sorriu. – Melhor não, padre. Já tive minha cota de mortes devido ao meu último show no clube. Creio que deve estar a par do assunto. Foi o que dominou o noticiário antes da pandemia. E, sim, só consigo cantar músicas heréticas.

– O noticiário não nos relata tudo, não é? Por exemplo, eu não sabia que tinha um filho ou que estava grávida. De qualquer forma, eu ouvia suas músicas no fone de ouvido – ele bebericou um gole do vinho sem qualquer culpa. – Adoraria ouvir uma capela. Entendo que você hoje esteja integrada na cultura pop e esse lado vampírico atraia principalmente os jovens, mas...

– Veja, acabei me tornando uma vampira mesmo, de certa forma. Olhe o meu semblante.

– Me desculpe, Pandora, mas não consigo acreditar que uma pessoa como você esteja sozinha aqui. Por que faria isso?

– Está pronto para ouvir minha confissão, padre? – Natasha notava como a veia do pescoço do padre saltava enquanto ele comia. Tudo o que desejava era saltar nele e beber do seu sangue; um alimento decente, que não via desde a morte de Kim. – Éramos cinco; seis com o bebê, que ainda não

tinha nascido. Meu noivo Raul Rubbo, meu psiquiatra Alberto Guion, a governanta Gertrudes e Kim.
— Quem é Kim?
— Por que quer saber quem é Kim?
— É a única que não veio conjugada: o noivo, o psiquiatra, a governanta e Kim.
— Uma amiga. Era somente uma amiga.
— Entendo — disse o padre, já farto, limpando a boca com o guardanapo. — E onde estão eles?
— Todos mortos — disse ela, sem muita emoção.
— E como isso aconteceu?
— Primeiro foi Raul. Ele rasgou a mão em uma porta de ferro. O ferimento infeccionou e foi piorando, e nem mesmo os conhecimentos de Guion puderam salvá-lo. Em uma noite, em delírio, ele partiu sozinho. Na verdade, não sei se ele morreu, mas algo me diz que sim. Eu estava grávida, não poderia acompanhá-lo, muito menos forçar os outros a irem com ele.

— Conhecendo o mar noite adentro, não há grandes expectativas para um homem machucado.

— Guion, nessa ocasião, já estava manifestando sintomas da febre. Eu fui imprudente em mantê-lo livre pela casa. Quando ele se transformou, perdeu o controle de seu corpo. Primeiro, matou a Gertrudes; depois, avançou para a Kim. Quando eu consegui pegar a arma, já era tarde: ele tinha estraçalhado o pescoço da minha amiga. Não pensei duas vezes. Eu precisava proteger meu filho. Dei um tiro de doze que destruiu o joelho dele, e outro de misericórdia na cabeça.

— E teve o parto sozinha?

— Sim — ela titubeou para dar a resposta. — Sozinha.

— Deve ter sido difícil. Estava de quantas semanas?

— Eu não sei, o tempo normal. 38 semanas? Não sou muito ligada nessas coisas.

— E como conseguiu fazer seu pré-natal aqui? Que remédios tomou?

— Não faço ideia, Guion me medicava.

A cada fala de Natasha, o padre ficava mais desconfiado. Tudo era muito estranho, principalmente uma mulher grávida que não se importava com os remédios que tomava. Mas não era esse o seu objetivo; estava apenas com a curiosidade aguçada. Percebeu uma irritação na anfitriã e achou prudente desviar para outro assunto, não menos delicado.

— Onde estão os corpos? — perguntou Bruno.

— Não poderia deixá-los apodrecer aqui dentro, concorda? Arrastei tudo para fora e agora restaram apenas a mortalha e ossada. Estão lá fora, não vou enterrar. Deixo isso para as autoridades.

— Que triste! Deve estar sendo difícil para você.

— Veja! — ela apontou para a vidraça, desviando o assunto. — É o crepúsculo!

— Belíssimo!

— Você também é lindo. Deve ser bastante paquerado entre as carolas.

— Às vezes, acontece.

— Estou aqui há dias sem sexo e me aparece um padre! Só pode ser brincadeira!

Ter relações sexuais com Pandora seria como zerar a vida para a maioria dos homens, e Bruno sentia um clima de tensão sexual se formando. No entanto, era algo novo; todas as mulheres que incorriam em sexo na paróquia tinham uma intimidade com ele, um laço que se formava com o tempo. Ele não tinha o costume desse tipo de flerte rápido e não podia se desviar de sua missão.

Terminaram de tomar o café da tarde, e ele saiu para caminhar e conhecer a mansão. No exterior, encontrou a mortalha das três pessoas. Duvidava da causa de suas mortes e, se fosse um perito, poderia investigar a fundo; mas aqueles ossos não lhe diziam nada. Os legistas diriam no futuro. Acompanhava a vida de Pandora e certamente não havia uma só nota sobre a gravidez dela; era obviamente um segredo guardado a sete chaves. Esperava a hora correta de lhe falar sobre sua motivação de estar ali.

A noite logo chegou e uma lua esplendorosa iluminou lindamente aquele local. A cantora estava sentada à mesa de ferro do lado de fora, contemplando a lua.

– Sente-se, Bruno! Me faça companhia.

O homem sentou-se a uma distância segura, e ela pegou uma taça para ele.

– Eu tomei uma taça à tarde, já basta!

– É claro que não basta. Preciso de companhia. Estou há um bom tempo sem companhia e não aceito uma negativa. Vai tomar um gole de vinho, sim – encheu a taça de Bruno. – Hoje é uma noite especial, nossa última noite aqui. Sente que é um dia especial? Primeiro, a beleza do crepúsculo; agora, essa lua. Olha!

– Realmente, é mágico! – Bruno bebericou o vinho que desceu docemente, como o líquor das paixões. – Está menos frio aqui!

– Deixe o vinho te aquecer! Me diz, Bruno, o que quer aqui?

– Como deve saber, a irmã Lúcia habitou esse local antes de você.

Natasha demonstrou um grande interesse, seus olhos brilharam.

– A freira?

– Sim. Vai dizer que não a conheceu também? Ela era muito famosa.

– Está conjugando no passado.

– Ela faleceu recentemente.

— E se eu te disser que eu tenho visões de freiras nesse lugar desde antes de chegar aqui? Max me escondeu essa informação. Não sei qual é o propósito disso...

— Houve algumas tragédias aqui. Seis irmãs caíram daquele penhasco — ele apontou. — Disseram à imprensa que o beiral em que elas se apoiavam cedeu. Apenas irmã Lúcia sobreviveu na época. Ela dizia que o local estava amaldiçoado! Havia um espelho...

— Veio atrás do espelho?

— Exato! Esse espelho pertencia à irmã e tem uma certa história maldita em torno dele. Onde ele está, coisas ruins acontecem. Talvez até mesmo a tragédia que ocorreu aqui, com seus amigos e família, tenha sido ocasionada por isso. Quando a irmã foi resgatada, como que por feitiçaria não encontraram o artefato.

— Ele está lá, no porão da porta de ferro. Sempre esteve lá. Talvez não tenha sido uma coincidência meu empresário ter comprado esse lugar para mim. Talvez haja uma conexão.

— Talvez...

— A minha fama internacional... Bem, não sei por que estou te confessando isso... Mas, no começo da minha carreira, eu fiz um pacto com um *daimon* em troca de fama. Foi algo feito de mal jeito, e mais por brincadeira; mas parece que o *daimon* acatou, porque a fama veio na sequência.

— Lilith.

— A ela dedico todas as minhas canções.

— Isso se nota. Mas esse negócio de pacto é apenas imaginário, muito popularizado pela história de Fausto e Mefistófeles — disse o padre, sem convicção.

Ambos diziam estar se abrindo um para o outro, mas os dois lados guardavam segredos. Ele não dizia nada sobre a possessão da irmã Lúcia, e ela não dizia nada sobre o assassinato de

Kim, a verdadeira mãe da criança. Ele era apenas um estranho, mas ela sentia que devia lhe contar parte da sua história.

– De qualquer forma, sabe como isso acaba, não é? Estou devendo a alma para o diabo.

– Se você crer e estiver arrependida, pode fazer sua confissão. Deus a absolverá de todo o pecado.

– Aí é que está: não estou arrependida – Natasha massageou seu seio por baixo da blusa. Sua pele tinha um tom mais corado, provavelmente pelo vinho, que aumentava sua excitação. – É a lua! Ela está me impelindo de te contar segredos. Talvez seu Deus me absolva um dia. Eu tenho alguns problemas psiquiátricos: dissociação de personalidade, depressão, ansiedade. Às vezes, não passo de uma criança intempestiva.

– Posso ver o espelho? – perguntou o padre, com a cabeça vaga, não dando importância ao que ela havia dito.

– Claro, é para isso que veio, não é? Sei que está se segurando para me pedir isso desde a hora que chegou. Tenho certeza de que já viu a porta de ferro e já se sentiu atraído a entrar.

O padre se levantou e caminhou para adentrar a mansão, fugindo da situação sexual que se impunha. Pandora riu:

– É feio deixar uma dama sozinha, padre. Mas eu entendo sua atração.

Bruno adentrou a mansão e encaminhou-se até o quarto da porta de ferro.

"Venha!"

Sendo um homem pouco acostumado à bebida, o vinho o abraçou rapidamente. Adentrou a porta de ferro em estado de embriaguez e vislumbrou o artefato maldito. Sabia, estava vulnerável diante de um grande perigo, e apenas mentalizava.

"Você é um tolo! Não devia estar aí."

Ele não precisava visualizar o mal; podia senti-lo. Era a mesma atmosfera pesada do quarto da freira possessa. Foi caminhando até o reflexo do espelho, tocou-o com as duas mãos espalmadas e finalmente pôde compreender. Agora entendia o que ele era, quem ele era. Adorava a seu Deus, mas a verdade estava clara ali, na sua frente: ele adorava a sua imagem muito mais do que amava a seu mestre. Nunca vira um homem que fosse mais belo que ele, tamanha era a sua perfeição. Poderia contemplá-lo por horas a fio, seu reflexo, seu eu. Com as mãos, apalpou sua face, seu corpo, tirou a roupa. E, em tamanha paz, repousou que adormeceu em frente ao artefato. Estava na melhor companhia: a sua própria.

Capítulo XIX
Percepções

No mundo dos sonhos, Bruno caminhava até o fim de um corredor sombrio, onde Pandora estava com seus seios expostos. Um êmulo do padre mamava freneticamente no seio dela. Ele tinha muita sede, mas não era leite que saía, e, sim, sangue.

Então Bruno acordou, vendo-se nu, deitado em frente ao espelho. Tateou o chão e, em seu mundo onírico, surgiu das sombras um súcubo, de seios suculentos e cintura fina. Ele não podia ver sua face com clareza, assim como os "espíritos de raposa" na China ou os "alp" na Alemanha, ou os "mare" nas tradições anglo-saxônicas e nórdicas que deram origem à palavra *nightmare*, pesadelo – ou os "baku", os comedores de sonhos do Japão.

Esse ser astral e luxurioso causava-lhe uma onda estranha e avassaladora que nublava sua mente e seus sentidos. Estava acordado, mas sentia-se impossibilitado de se mover. Seria paralisia do sono? A criatura lhe estendeu a mão em forma de garra, com unhas pretas e longas que trespassavam sua pele mais profundamente que uma agulha hipodérmica. A bocarra da criatura começou a sugar a sua energia enquanto cavalgava sobre ele num movimento de vaivém, que começou devagar e depois ganhou um ritmo frenético. Embora parecesse uma lixa sendo friccionada em seu pênis, aquilo o deixava numa excitação supranormal. Dor e prazer unificados. Estaria ele na fase REM – o estágio do movimento rápido dos olhos? Seria essa experiência uma falha química cerebral, causada pelo sono desequilibrado, talvez pelo estresse da navegação da noite anterior e do cenário luxurioso criado por Pandora? Tudo era muito místico, incluindo a presença demoníaca do espelho.

Era um sexo espectral e ele estava gostando. O medo dominava, mas o perigo apenas acentuava o seu desejo enquanto o vampiro sexual minava a sua energia.

Não poderia estar dormindo, não mais. Mas o ser espectral continuava em cima dele, cavalgando. Ele tocou a coxa escamosa da criatura: era real, parecia um ser humano. A face de sua parceira sexual foi ficando mais nítida: era Pandora. Ela brilhava, com um suor que lhe dominava todo o corpo. Sua mão deslizava pela pele molhada dela. Com a fricção, aquela umidade passava para seu corpo também. Seu suor cheirava como bálsamo; de fato, era um unguento que ela tinha passado no próprio corpo e, agora, era transferido para ele durante a conjunção dos dois corpos. Ele estava em êxtase; era transcendental, mágico.

Natasha guardara aquela fórmula para um momento especial – e esse momento tinha chegado. Aquela noite de lua, a presença de um homem do sacerdócio, tamanha heresia a excitava. Preparou a sua fórmula com flor moída de papoula, cânhamo, haxixe, raiz moída sustentada por cem gramas de manteiga líquida de porco e beladona.

A face de Natasha parecia oscilar entre dois momentos, um mais pleno e outro mais selvagem, e começou a se transmutar em uma moça ruiva que ele desconhecia, e depois por instantes virou a irmã Lúcia. Ele apalpou os seios da cantora e teve seu orgasmo, mas não parou aí. Foi apenas o princípio de uma sequência de orgasmos secos e múltiplos que o levaram próximo da morte.

Após a cópula, ela simplesmente se levantou e saiu do quarto escuro. Ele estava exausto; sua energia vital fora sugada, sentia-se desvalido e sem forças. Tinha uma substância grudenta de teor desconhecido em seu corpo, principalmente próximo das áreas erógenas, e sangue saía de seu reto. O teto começou a ficar ondulante e, naquela ilação, ele se perdia. Estava com tontura e se sentia desfalecer lentamente: eram os efeitos da beladona, mas ele desconhecia. Para ele, era algo sobrenatural. Era impossível manter os olhos abertos, não tinha forças para isso; até mesmo respirar era pesaroso.

No entanto, mesmo com os olhos fechados, ele podia enxergar nas trevas do quarto escuro, pois a luz do espelho transcendia suas pálpebras. Sua mente se abriu, e uma frase se formou no espelho.

"Encontre Urbano."

Depois, se embaralhou:

"Conur – Baen – Notre."

Depois, se apagou, e uma nova frase começou a se formar no espelho:

"Três bruxas alinhadas."

Novamente, se embaralhou e formou a frase desconexa:

"Sebru – Trali – Haxas – Dasn."

Então, a terceira frase começou a se formar; mas não veio solucionada, e, sim, embaralhada em anagrama:

"Japri – Monge – Laitos – Seode."

E as palavras tomaram vida; sílaba por sílaba escaparam do espelho e dançaram freneticamente no escuro do quarto. Ele vislumbrava tudo deitado no chão, em delírio.

O "padre que delira" se lembrou das falas oscilantes de Pandora em relação ao nascimento da criança e, por dedução, imaginou que o filho não era dela, não podia ser dela. Talvez fosse da tal Kim, de quem ela tanto relutava em revelar a função na casa. Ele não sabia dizer, mas havia um objetivo e ele era maléfico. E esse objetivo tinha a ver com a lua, com ele e com aquela noite.

Lembrou-se de ela ter falado sobre o pacto com a rainha infernal; haveria algum vínculo? Seria aquele o derradeiro plano? Ele sentia ser aquele o momento, o ápice de algo muito bem planejado que nem ela sabia ao certo como ocorreria. As letras formaram uma frase no teto, bem acima dele.

"Ela deseja o primogênito."

Sim, essa era a frase da moribunda possuída por demônios. Não era uma frase em vão e era para ele. Não sabia do que se tratavam as três bruxas alinhadas. Seria Pandora? A própria Lúcia? Nina? Não sabia o motivo de encontrar Urbano, não fazia ideia de onde ele estava, mas sabia quem era o primogênito; e podia deduzir quais eram os planos que reservavam para ele. E quem o desejava? Seria Pandora?

Sentia que o pequeno bebê estava em risco iminente; por isso, reuniu forças e começou a rastejar para a luz. Saiu do quarto escuro e abriu os olhos. O claro foi ainda mais sufocante; o mundo girava, desafiava a gravidade. Ainda assim, ele rastejou pelo hall, onde a lua parecia engolir tudo pela frente, linda, resplandecente, magistral.

Continuou se arrastando. Pôde levantar e dar saltos imprecisos para a frente, visando a porta que levava ao caminho de pedras, à beira do abismo. Lá estava ela, como uma rainha que era: nua, iluminada pela lua, trazendo aninhado em seu colo o pequeno bebê. Ela tinha asas vermelhas e amarelas que brotavam de suas espáduas. As asas emergiam de forma magistral. Estava de costas para o abismo, de frente para Bruno, iluminada pela lua. Chifres tinham brotado de sua testa, tão retorcidos que faziam uma volta completa.

Um vento impetuoso eriçava os pelos do corpo do padre que, em torpor, podia sentir o presságio atordoante de seu miserável destino enquanto sentia um cheiro acre e vivificante, em uma torrente que levava o restante de sua seiva vital. Era como se um tropel o atropelasse; mal podia ficar em pé. Um frêmito anti-humano saía daquela mulher, e sua epiderme parecia ter escamas; algo visto, porém inenarrável. A lassitude se apoderou dele enquanto o ser abrasante findava o que tinha começado e se entronizava, tomando o que era seu por direito.

Um fruto da religiosidade do mundo moderno, em que Deus é apenas seu serviçal e os pecados são apenas uma vírgula, unificava-se à atormentada estrela em ascensão. Era o ápice final para o sacerdote, que buscava o legado de uma instituição para brilhar.

Bruno não tinha mais forças para se aproximar nem mesmo para discernir se o que via era real ou não. Estendeu as mãos em direção à criatura e deu um grito que estava abafado em seu âmago; antes, uma súplica para que o ser tivesse pena do pequeno bebê e não o imolasse. Mas a criatura deu um salto nas profundezas do abismo e, depois de alguns segundos, ressurgiu como uma fênix triunfante, batendo voo para longe, muito longe.

Não era Natasha.
Não era Pandora.
Era Lilith.

grupo novo século

Compartilhando propósitos e conectando pessoas
Visite nosso site e fique por dentro dos nossos lançamentos:
www.gruponovoseculo.com.br

‹ns

(f) facebook/novoseculoeditora
(☉) @novoseculoeditora
(🦜) @NovoSeculo
(▶) novo século editora

gruponovoseculo
.com.br

Edição: 1ª
Fonte: Quadrat